Student Activities Manual

RUMBOS

Curso intermedio de español

SECOND EDITION

Norma López-Burton
University of California, Davis

Rafael Gómez
California State University, Monterey Bay

Jill Pellettieri
Santa Clara University

Robert Hershberger
DePauw University

Susan Navey-Davis
North Carolina State University

Australia • Brazil • Japan • Korea • Mexico • Singapore • Spain • United Kingdom • United States

ISBN-13: 978-0-495-80073-6
ISBN-10: 0-495-80073-2

Heinle
20 Channel Center Street
Boston, MA 02210
USA

Cengage Learning products are represented in Canada by Nelson Education, Ltd.

To learn more about Heinle, visit **www.cengage.com/heinle**

Purchase any of our products at your local college store or at our preferred online store **www.cengagebrain.com**

Printed in the United States of America
3 4 5 6 7 22 21 20 19 18

Contents

Nombre ______________________________ Fecha ______________

Capítulo 1 Los hispanohablantes

Vocabulario I La geografía y el clima

1-1 Consejos para un viajero prudente Tú eres una persona muy prudente y quieres evitar todo tipo de contratiempo durante tu viaje de vacaciones. Selecciona la opción u opciones que mejor explica(n) los posibles peligros de ciertos lugares.

1. En Miami durante el verano, generalmente…
- **a.** hay posibilidades de huracanes.
- **b.** hay muy poca humedad.
- **c.** nieva y hace mucho frío.
- **d.** tiene muy poco sol.

2. En San Francisco, California, durante el verano, generalmente…
- **a.** hay neblina.
- **b.** nieva y hace calor.
- **c.** hay huracanes provenientes del mar Mediterráneo.
- **d.** hay tormentas tropicales.

3. Durante el mes de julio… en Seattle, Washington.
- **a.** hay huracanes cada semana
- **b.** nieva con frecuencia
- **c.** hay tormentas tropicales
- **d.** puede llover mucho

4. En Boston hay muchos accidentes en el invierno a causa…
- **a.** de los huracanes que soplan del océano Pacífico.
- **b.** del cielo despejado.
- **c.** de que nieva y llueve mucho.
- **d.** del gran número de acantilados.

5. En la montaña de Saint Helens, hay peligro a causa del…
- **a.** desierto.
- **b.** clima tropical.
- **c.** volcán.
- **d.** altiplano.

1-2 Las características geográficas de ciertos lugares En este capítulo estudiamos sobre la geografía y el clima del mundo hispánico. Completa las siguientes oraciones con la palabra apropiada de la siguiente lista.

el mar Caribe   despejado   amaneceres   el huracán   el mar Mediterráneo

1. Cuba, Puerto Rico y República Dominicana se encuentran en ____________________.

2. España tiene costa sobre ____________________.

3. El desierto tiene generalmente un cielo muy ____________________.

4. ____________________ Andrew azotó *(pounded)* la costa de la Florida en 1992.

5. En Honolulu hay ____________________ muy bonitos todas las mañanas.

Nombre ______________________ Fecha ______________

1-3 **¿De dónde vienes?** En este capítulo aprendimos a describir de dónde venimos. Selecciona la opción que mejor completa la oración.

1. Me llamo Cuahtémoc. Mi familia vive…
   - **a.** en una isla en medio de un lago.
   - **b.** cerca de un chubasco.
   - **c.** en el borde de un plano.
2. Ahora yo vivo en Oakland,… de San Francisco.
   - **a.** una ciudad situada en el desierto cerca
   - **b.** no muy lejos de la bahía
   - **c.** en medio de la cordillera
3. Quiero vivir cerca del Gran Cañón. Éste es…
   - **a.** una ciudad en las afueras de Chicago.
   - **b.** un sitio perfecto para disfrutar de la naturaleza.
   - **c.** una urbe *(metropolis)* llena de atractivos turísticos.
4. Durante mi tiempo libre me gusta…
   - **a.** disfrutar de las puestas del sol.
   - **b.** compartir tiempo con el desierto.
   - **c.** visitar los amaneceres.

CD1-2

1-4 **De vacaciones en Puerto Rico** ¿Qué sabes del clima de Puerto Rico? Escucha el siguiente diálogo y decide si las oraciones son ciertas **(C)** o falsas **(F).** Corrige las oraciones falsas.

1. El clima de Puerto Rico es seco. **C / F**

   ____

2. Está nevando ahora. **C / F**

   ____

3. Va a llover mucho más. **C / F**

   ____

4. Está llegando un huracán. **C / F**

   ____

CD1-3

1-5 **El pronóstico del tiempo** Escucha el siguiente pronóstico del tiempo *(weather forecast)* que da una radioemisora en Granada y contesta las preguntas.

1. ¿Qué tiempo hace ahora?

   ____

2. ¿Qué tiempo hace en la Sierra?

   ____

3. ¿Qué tiempo va a hacer el martes?

   ____

4. ¿Qué tipo de clima es típico en Granada?

   ____

5. ¿Cuál es la temperatura máxima y la mínima?

   ____

Nombre ______________________________ Fecha ______________

Estructura y uso I El tiempo presente del indicativo

1-6 Una película divertida Un amigo tuyo quiere ir al cine este fin de semana. En el teatro cerca de la universidad están presentando una película sobre un aspecto de la vida de los latinos en nuestro país. Tu amigo quiere saber más sobre el film. Completa la siguiente descripción con la forma correcta del verbo en presente del indicativo.

Ésta (1) ______________ (ser) una película divertida. El film (2) ______________ (describir) el choque de culturas y emociones creados cuando Flor, una joven mexicana, y su hija (3) ______________ (venir) a trabajar y a vivir en la casa de una familia norteamericana. La protagonista no (4) ______________ (hablar) inglés y sus empleadores no (5) ______________ (entender) ni una palabra de español. Como es de esperar, (6) ______________ (haber) una serie de malentendidos que no (7) ______________ (causar) grandes problemas. Tampoco no (8) ______________ (poder) faltar la historia de amor. Para descubrir quiénes se enamoran, nosotros (9) ______________ (tener) que ver la película.

1-7 Una encuesta Una compañía de mercadotecnia está interesada en conocer mejor los gustos de los estudiantes de tu universidad. Ellos están llevando a cabo una encuesta para una compañía que se especializa en servicios en español para hispanohablantes y personas interesadas en el idioma y la cultura de Hispanoamérica. Contesta las siguientes preguntas.

1. ¿De dónde es usted? ______________________________
2. Si usted no es de los Estados Unidos, ¿cuántos años hace que vive en este país?
   ____
3. ¿Dónde vive? ______________________________
4. ¿Qué idioma(s) habla usted en casa? ______________________________
5. ¿Cuáles son sus programas favoritos de televisión?
   ____
6. ¿Qué tipo de música escucha usted? ______________________________
7. ¿Qué periódicos o revistas lee?
   ____
8. ¿Cuántas tarjetas de crédito tiene? ______________________________
9. ¿Juega algún deporte?
   ____
10. ¿Qué quiere llegar a ser profesionalmente?
   ____

Nombre ______________________________ Fecha ______________

1-8 Planes para el verano. Hablas con un(a) compañero(a) sobre tus planes para el verano. Completa las oraciones con la forma apropiada del verbo en paréntesis.

TU COMPAÑERO(A): ¿Vas a estudiar durante el verano?
TÚ: No, no (1) ______________ (ir) a tomar clases.
TU COMPAÑERO(A): ¿Qué piensas hacer?
TÚ: Toño, Quique y yo (2) ______________ (pensar) ir a San Antonio, Texas.
TU COMPAÑERO(A): Pero, dicen que (3) ______________ (llover) mucho allá en el verano.
TÚ: Eso no, es verdad.
TU COMPAÑERO(A): ¿Manejan o van en avión?
TÚ: Voy en avión pero Toño y Quique (4) ______________ (querer) manejar.
TU COMPAÑERO(A): ¿Cuánto tiempo van a quedarse?
TÚ: (5) ______________ (quedarse) catorce días con la familia de Quique.
TU COMPAÑERO(A): ¿Conocen la ciudad?
TÚ: Yo sí pero ellos no la (6) ______________ (conocer).
TU COMPAÑERO(A): ¿Sabes cuánto cuesta el boleto de avión?
TÚ: No, no (7) ______________ (saber).
TU COMPAÑERO(A): ¿Cuándo salen?
TÚ: (8) ______________ (salir) el sábado.
TU COMPAÑERO(A): ¿Tienen espacio para una persona más? Quiero ir con ustedes.
TÚ: Seguro, (9) ______________ (tener) espacio para ti.

CD1-4

1-9 Cristina Aguilera Escucha la mini biografía de Cristina Aguilera y selecciona la frase que mejor complete la oración.

1. Cristina…
   a. está en New York.
   b. nace en New York.
2. Su padre…
   a. se va a Ecuador.
   b. es de Ecuador.
3. Su madre…
   a. es de Irlanda.
   b. vive en Irlanda.
4. A los 12 años…
   a. visita el Mickey Mouse Club.
   b. la invitan al Mickey Mouse Club.
5. Su primer éxito…
   a. es *El genio en la botella.*
   b. va a ser muy pronto.
6. Desde entonces…
   a. gana muchos premios.
   b. piensa cantar mucho menos.

CD1-5

1-10 Los planes de Emilio Estévez Escucha lo que planea hacer este actor en un futuro cercano. Llena los espacios con la forma del futuro con **ir a** + infinitivo.

1. ¿Cuáles son sus planes de viaje? ______________________________
2. ¿Qué película piensa hacer? ______________________________
3. ¿Qué piensa hacer en los días de lluvia? ______________________________
4. ¿Qué profesión piensa seguir? ______________________________
5. ¿En qué medio seguirá actuando? ______________________________

Nombre ______________________________ Fecha ______________

Estructura y uso II *Ser, estar, haber y tener*

1-11 Una visita a la Florida Completa el siguiente párrafo con la forma correcta de **ser** o **estar**.

Orlando (1) __________ de una de las ciudades más interesantes de la Florida. (2) __________ en la mitad del estado. (3) __________ uno de los centros turísticos más visitados. Allí (4) __________ el parque Disney. Es imposible (5) __________ aburrido en un lugar tan encantador.

1-12 La biografía de un inmigrante Completa cada espacio con la forma correcta de una expresión con **tener**.

tener años	tener éxito	tener prisa	tener sueño
tener calor	tener miedo	tener razón	tener suerte

Pedro Gómez Valverde llega a los Estados Unidos sin un centavo pero con un gran deseo de (1) ______________. Él es una persona que no le (2) ______________ a nada. Aunque sólo (3) ______________ 25 años (4) ______________ para llegar a la cima de su carrera. Para ser alguien en este país se requiere soñar *(dream)*, trabajar y (5) ______________.

1-13 Qué vida tan aburrida Un estudiante reflexiona sobre lo que quiere hacer. Escoge el verbo que mejor complete las siguientes oraciones.

Otro fin de semana, y no sé qué hacer. (1) ____________ (Estoy / Soy / Tengo / Hay) cansado de trabajar tanto. (2) ____________ (Estoy / Soy / Tengo / Hay) tantas cosas que hacer en esta ciudad y no (3) ____________ (estoy / soy / tengo / hay) ganas de hacer nada. Mi novia (4) ____________ (está / es / tiene / hay) razón. (5) ____________ (Estoy / Soy / Tengo / Hay) una persona aburrida. Pero, así (6) ____________ (estoy / soy / tengo / hay) y no puedo cambiar. Confieso que (7) ____________ (estoy / soy / tengo / hay) un poco de vergüenza. (8) ____________ (Estoy / Soy / Tengo / Hay) que tener paciencia.

1-14 California Las siguientes oraciones aparecen en una descripción turística del estado de California. Léelas, luego llena el espacio con la forma apropiada de uno de los siguientes verbos: **ser, estar, haber** o **tener**.

1. California ____________ una sociedad dinámica.
2. En el estado ____________ una población diversa y emprendedora.
3. California ____________ algunas de las ciudades más interesantes de la unión.
4. En San Francisco, por ejemplo ____________ comunidades asiáticas, latinoamericanas y europeas.

5. Igualmente, Los Ángeles ____________ una ciudad cosmopolita.

6. Hollywood ____________ un símbolo de la creatividad norteamericana.

7. Al sur ____________ San Diego, punto de entrada a México.

8. La ciudad de San José ____________ un sin número de compañías de alta tecnología.

9. El Valle de Napa ____________ los viñedos más importantes del país.

10. La capital del ajo ____________ en Gilroy.

11. En California ____________ algo para cada gusto.

CD1-6

1-15 Problemas de los viajeros Escucha los siguientes problemas que tienen unos viajeros y pon el número de la situación al lado de la frase que mejor describe lo que pasa.

tiene calor	____________	tiene miedo	____________
tiene cuidado	____________	tiene vergüenza	____________
tiene éxito	____________	tiene sed	____________
tiene hambre	____________		

CD1-7

1-16 Las cataratas del Iguazú Escucha qué le pasa a este grupo de jóvenes que visitan las cataratas del Iguazú en Argentina. Decide usar la forma apropiada de **ser** o **estar.**

EJEMPLO *Vas a escuchar:* Este chico prefiere quedarse en su casa y no hacer nada.
Tú ves: ____________ un chico aburrido.
Tú escribes: **Es** un chico aburrido.

1. Es ridículo. ____________ loco.
2. ____________ argentinos.
3. ____________ un guía.
4. ____________ enfermo.
5. ¿____________ listos?
6. ____________ ricas.
7. ____________ seguro.
8. ____________ gritando.
9. El guía ____________ muy listo.

Nombre ______________________________ Fecha ______________

Vocabulario II Los hispanos en los Estados Unidos

1-17 **¿Qué sabes?** A ti te asignan la responsabilidad de preparar una serie de eventos para celebrar el mes de la herencia latina en los Estados Unidos y tienes que investigar un poco sobre los diferentes grupos que forman la comunidad hispana en este país. ¿Qué sabes de los hispanos en los Estados Unidos? Lee las siguientes afirmaciones y luego escoge la respuesta apropiada.

1. Muchos inmigrantes a los Estados Unidos aprenden el inglés y adoptan muchas de las características de los estadounidenses de clase media; en otras palabras ellos se…
a. sienten rechazados por la sociedad.
b. asimilan a la cultura dominante.
c. agrupan alrededor de sus compatriotas.

2. Los puertorriqueños han hecho importantes aportes a la cultura de los Estados Unidos. ¿Qué significa la palabra *aporte*?
a. contribución **c.** ayuda
b. valoración

3. El segmento de la población de un país que difiere de la mayoría de la población por raza, la lengua o la religión se le designa como…
a. una pluralidad. **c.** un grupo inferior.
b. una minoría.

4. Muchos latinoamericanos vienen a los Estados Unidos para superarse. ¿Qué significa la palabra *superarse*?
a. tener éxito
b. adoptar las costumbres de la cultura dominante
c. imponerse sobre los demás

5. Muchas culturas del continente americano tienen mucho respeto por sus bisabuelos y abuelos y en general por las generaciones que vivieron hace muchos años. Esto quiere decir que veneran a sus...
a. castas. **c.** antepasados.
b. aliados.

1-18 **Hablando de celebraciones** Donaldo y Amanda están hablando por teléfono. Donaldo quiere invitar a su compañera de clase a una fiesta. Completa el siguiente diálogo con la palabra apropiada.

una pista de baile   una pachanga   puestos   el premio   entretenida

AMANDA: Bueno.

DONALDO: ¡Hola Amanda! Te habla Donaldo.

AMANDA: ¿Qué hay de nuevo?

DONALDO: Te llamo para invitarte a (1) ______________ este próximo sábado.

AMANDA: ¿Qué estás celebrando?

DONALDO: Celebramos (2) ______________ que recibimos como el mejor grupo de baile folclórico. Va a ser una celebración muy (3) ______________ . Vamos a tener (4) ______________ para que todos puedan bailar y (5) ______________ con comida típica de toda América Latina.

AMANDA: Pues nos vemos el sábado.

Nombre ______________________________ Fecha ______________

1-19 **La realidad de la inmigración** En este capítulo estudiaste sobre las contribuciones y celebraciones de los hispanos en los Estados Unidos. Contesta las siguientes oraciones con la palabra apropiada.

1. Los inmigrantes de Latinoamérica generalmente pertenecen a la ____________________ media o baja de la sociedad.
2. A pesar de los avances de nuestra sociedad todavía quedan muchos problemas que debemos ____________________.
3. Hay muchos latinos que sienten un gran ____________________ por la cultura norteamericana y la cultura hispana.
4. No hay mejor manera para celebrar nuestra identidad que con un ____________________ de música, baile y juegos artificiales.

CD1-8

1-20 **Un crisol** ¿Cómo son los hispanohablantes? Escucha lo siguiente y selecciona la oración que describe la narración.

1. **a.** Un boricua es un puertorriqueño.
   b. Un boricua es un cubano.
2. **a.** Es difícil adaptarse a una nueva cultura.
   b. Es difícil aportar a una nueva cultura.
3. **a.** Un chicano es cualquier persona que vive en el sur de los Estados Unidos.
   b. Un chicano es de ascendencia mexicana.
4. **a.** Las fiestas patrias son celebraciones.
   b. Un ejemplo de una fiesta patria es el cuatro de julio.
5. **a.** La pachanga es la fiesta y el baile.
   b. La pachanga es el grupo que provee la música.

CD1-9

1-21 **¿Qué dice?** Esta señora está en un café dando su opinión sobre una variedad de temas. ¿A qué se refiere? Selecciona de la siguiente lista las palabras correctas para contestar las preguntas.

los antepasados	entretenidas	el orgullo	se asimilan
el aporte	los hispanohablantes	pertenecer	superarse

1. La señora está hablando de ______________________________.
2. Los indígenas y los españoles son ______________________________.
3. ______________________________ a la economía ha sido muy importante.
4. Vienen a los EEUU para ______________________________.
5. Generalmente la segunda y tercera generación ______________________________.

Nombre ______________________ Fecha ______________

Estructura y uso III Concordancia y posición de adjetivos

1-22 Necesitamos nuevos miembros La organización latina de tu universidad quiere crear un club de estudiantes. A continuación tienes una lista de características que deben tener los miembros de esta agrupación. Escribe la forma correcta del adjetivo.

EJEMPLO Queremos personas (dinámico) ______________.
Queremos personas **dinámicas**.

1. Necesitamos un líder (eficiente) ______________.
2. Debe ser una persona (curioso) ______________.
3. También queremos reclutar miembros (entusiasta) ______________.
4. Buscamos personas que sean bien (organizado) ______________.
5. Tenemos que encontrar compañeros y compañeras (inquieto) ______________.

1-23 Una carta a la familia Martín termina de escribir la siguiente carta a sus padres contándoles sobre su experiencia en Miami. Llena los espacios con los adjetivos que tengan sentido según el contexto de la carta. Presta atención a la concordancia de los adjetivos.

americano	español	grande	nuevo
cubano	francés	hispano	todo

Queridos papá y mamá:

Mi amigo Ricardo me invitó el fin de semana pasado a la celebración del Día de los Reyes Magos. Parece que es una fiesta que se celebra en (1) ______________ partes del mundo (2) ______________. Aquí en Miami es un evento organizado principalmente por la comunidad cubano- (3) ______________ aunque vi gente que vino de todas partes del mundo. Vi mexicanos que vinieron desde el D.F., (4) ______________ de Madrid y (5) ______________ de París. La fiesta empieza con un desfile por las calles de la Pequeña Habana. No es un desfile muy (6) ______________ pero sí es muy divertido.

Después de bailar un rato fuimos al restaurante La Pequeña Habana. Es un lugar muy conocido por estos lados. Se especializa en comida (7) ______________ y tuvimos suerte de poder encontrar mesa tan pronto llegamos. Nos dicen que generalmente hay que esperar para poder comer ahí.

En fin, me encuentro ya listo para empezar el (8) ______________ semestre. Espero que ustedes se encuentren bien y saludos a toda la familia.

Besos,

Martín

Nombre ______________________________ Fecha ______________

1-24 Las cosas de la vida Lee las siguientes oraciones y escoge la que tiene el uso correcto del adjetivo según el contexto. Recuerda la importancia de la posición de la palabra y la concordancia.

1. viejo
  a. Manolo, un viejo amigo que conozco desde mi niñez, viene de visita esta semana.
  b. Manolo, un amigo viejo que conozco desde mi niñez, viene de visita esta semana.

2. medio
  a. Hay gente que dice que está loco y medio.
  b. Hay gente que dice que está medio loco.

3. antigua
  a. Dicen que todavía vive en la antigua casa de sus abuelos.
  b. Dicen que todavía vive en la casa de sus abuelos antiguos.

4. pobre
  a. El pobre hombre sufre mucho.
  b. El hombre pobre sufre mucho.

5. nueva
  a. Desea empezar una nueva vida.
  b. Desea empezar una vida nueva.

CD1-10

1-25 Chismes en las familias Escucha esta conversación sobre la familia de Fernando y responde a las preguntas siguiendo el ejemplo.

EJEMPLO *Tú escuchas:* Miriam es una tía muy buena y simpática. ¿Y el tío Ricardo?
Tú escribes: Ricardo es un tío muy **bueno** y **simpático.**

1. Mis abuelas son un poco ____________, pero son muy ____________.

2. Mi prima es ____________, ____________ y ____________.

3. Su hermano es ____________. También es ____________ y muy ____________.

4. Esos niños ____________ que están cerca de la ventana son mis hermanos.

5. Mis tías españolas son muy ____________, pero son un poco ____________.

CD1-11

1-26 Un gran festival Escucha la descripción de lo que pasa en este festival y contesta las preguntas teniendo cuidado de usar los artículos definidos o indefinidos.

1. ¿Qué festival se celebra?

____

2. ¿De qué calle a qué calle hay celebraciones?

____

3. ¿Qué hay en cada intersección?

____

4. ¿Qué día de la semana se celebra el festival?

____

5. ¿En qué fecha se celebra el festival este año?

____

Nombre ______________________________ Fecha ______________

Impresiones

¡A leer! El español, idioma universal

Lee el siguiente artículo sobre el idioma español y luego haz la actividad de la sección **Después de leer** para verificar tu comprensión de la lectura.

Estrategia: Los cognados
Los cognados son palabras que tienen similitudes en ortografía y significado en dos idiomas diferentes. Trata de identificar los cognados en la siguiente lectura.

Antes de leer Lee rápidamente el siguiente artículo e identifica un mínimo de cinco cognados.

____

____

____

____

____

____

A leer Ahora lee el artículo con cuidado y adivina el significado de las palabras nuevas usando el contexto como guía.

El español, idioma universal

El español es un idioma universal. Su importancia a nivel internacional está relacionada con el número de personas que lo hablan como lengua materna y los millones que lo usan como segundo idioma o que lo aprenden por razones profesionales.

Vamos a encontrar hispanohablantes en muchas partes del mundo incluyendo los Estados Unidos. El español es una de las lenguas oficiales de España, de buen número de países del Centro y Sudamérica, el Caribe además de Guinea Ecuatorial en África. Se usa también en los Estados Unidos, las Islas Filipinas, Brasil y Belice. Hay aproximadamente cuatrocientos millones de personas en el mundo que usan este idioma en su vida diaria. Además es una de las lenguas oficiales de las Naciones Unidas y de la Unión Europea y se usa con frecuencia en un sinnúmero de organizaciones internacionales.

El español forma también parte de la cultura estadounidense. El departamento del censo en los Estados Unidos calcula que hay un poco más de 45 millones de personas que hablan español en nuestro país. Viven principalmente en los estados de California, Arizona, Nuevo México, Texas, Florida Nueva York y Nueva Jersey. En muchos de estos lugares el español es el lenguaje del comercio, la política y el entretenimiento. Es también la lengua extranjera que más se estudia en nuestras escuelas y universidades.

No es por lo tanto exagerado afirmar que el idioma de Cervantes es en verdad universal.

Nombre ______________________ Fecha ______________

Después de leer Lee las siguientes oraciones e indica si son ciertas **(C)** o falsas **(F)**. Si la oración es falsa, corrígela.

1. El español es el idioma oficial de Guinea Ecuatorial en África. **C / F**

____

2. El español es uno de los idiomas oficiales de la Unión Europea. **C / F**

____

3. Hay un poco menos de 18 millones de hispanohablantes en los Estados Unidos. **C / F**

____

4. Louisiana es uno de los estados con mayor número de hispanohablantes en nuestro país. **C / F**

____

5. El español es la lengua extranjera que más se estudia en las escuelas de los Estados Unidos. **C / F**

____

¡A escribir! El festival de la multiculturalidad

El tema Un periódico estudiantil va a publicar una serie de artículos sobre la diversidad cultural de tu universidad. Los redactores *(editors)* te piden que escribas una descripción de una celebración familiar que de alguna manera capture la ascendencia cultural de tu familia. Recuerda que los lectores de tu artículo son otros estudiantes y que tiene como finalidad describir un evento de importancia para tu familia.

El contenido Antes de completar esta actividad regresa al libro de texto y lee otra vez la estrategia de escritura: el proceso de redacción. Luego, haz una lista de las celebraciones familiares: Navidad, Día de Acción de Gracias, Janucá, Cuatro de julio, etcétera y selecciona la que vas a usar para tu composición. No te olvides anotar algunos detalles sobre esta celebración familiar.

ATAJO

Functions: Talking about the present; Making transitions; Linking ideas
Vocabulary: Nationality
Grammar: Present indicative; Articles: definite and indefinite; Verbs: **ser, estar;** Agreement

El primer borrador Basándote en la información de la sección **El contenido,** escribe el primer borrador de tu descripción.

Revisión y redacción Ahora, revisa tu borrador y haz los cambios necesarios. Asegúrate de verificar el uso del vocabulario apropiado del **Capítulo 1**, las conjugaciones de los verbos, los usos de **ser, estar, tener** y **haber** y la concordancia. Cuando termines, entrégale *(hand in)* a tu profesor(a) la versión final de tu composición.

Nombre ______________________ Fecha ______________

¡A pronunciar! Vocales

CD1-12

Es importante repasar las vocales y recordar que en español se pronuncian de una manera diferente al inglés. Las vocales españolas nunca se prolongan como en inglés.

Para cada vocal que sigue, escucha su pronunciación en las palabras dadas. Luego repite cada palabra tratando de reproducir el sonido tenso y breve de la vocal española indicada.

- Repite los sonidos de la **a**.
  altura
  altiplano
  amanecer
  plana
  pachanga

  La altura de las montañas es impresionante.
  Copacabana está en un altiplano de Bolivia.

- Repite los sonidos de la **e**.
  etnia
  establecer
  étnico
  pertenecer
  Ecuador

  La elevación del Chimborazo en el Ecuador es de 20.561 pies.
  Guatemala tiene muchísimos grupos étnicos.

- Repite los sonidos de la **i**.
  indígena
  isla
  influir
  inmigrar
  Iguazú

  Iguazú significa "grandes aguas" en guaraní.
  Las lenguas indígenas influyeron el español.

- Repite los sonidos de la **o**.
  rocoso
  llover
  puesto
  homogéneo
  órale

  El suelo es rocoso y peligroso.
  Órale, qué puesto fantástico.

- Repite los sonidos de la **u**.
  húmedo
  duda
  quiúbole
  alucinante
  superarse
  Uruguay

  El Uruguay está ubicado en Sudamérica.
  El clima es muy húmedo en Puerto Rico.

Nombre ______________________ Fecha ______________

Autoprueba 

CD1-13

I. Comprensión auditiva

Escucha la siguiente narración sobre los hispanohablantes en los Estados Unidos y decide si las oraciones son ciertas (**C**) o falsas (**F**).

1. La mayoría de los hispanos en los Estados Unidos son de origen mexicano. **C / F**
2. Los primeros trabajos que consiguen los inmigrantes son en hoteles. **C / F**
3. Los inmigrantes generalmente no trabajan mucho. **C / F**
4. Sus hijos generalmente están a un mejor nivel económico. **C / F**

II. Vocabulario

¿Qué sabemos del clima y de las festividades? Encuentra la mejor definición en la columna de la derecha.

1. la puesta del sol
2. chubasco
3. plano
4. bahía
5. despejado
6. aporte
7. boricua
8. pachanga
9. puesto

a. donde llegan los barcos
b. lluvia fuerte
c. una persona de Puerto Rico
d. contribución
e. cuando desaparece el sol
f. no hay nubes, solo sol
g. donde venden cosas
h. lo opuesto a montañoso
i. fiesta

III. Estructuras

A. Verbos en el presente del indicativo ¿De dónde son y qué hacen estas personas? Cambia la oración según el sujeto dado.

EJEMPLO Me llamo Carlos, soy de El Salvador y llevo cinco años en California. (Marta y Adriana)
Nos llamamos Marta y Adriana, **somos** de El Salvador y **llevamos** cinco años en California.

1. Estoy estudiando en la biblioteca pero prefiero estudiar al aire libre, así es que ahora me voy. (mis amigos) ______________________

____

2. En este momento pienso ir al restaurante La cocina. Lo conozco muy bien. Sé que la comida es riquísima. (César) ______________________

____

3. No entiendo algunos acentos en español. Siento que el acento mexicano es más fácil porque miro Univisión mucho. (nosotros) ______________________

____

Nombre ______________________________ Fecha ______________

B. Planes para ir a Chile en agosto Reescribe las siguientes oraciones usando la forma del futuro del **ir a** + infinitivo para hacer planes para unas vacaciones en Chile.

EJEMPLO Hay que estudiar la cultura chilena.
Voy a estudiar la cultura chilena.

1. Tengo que llevar abrigos y bufandas.

____

2. Me dicen que tenemos que estudiar el mapa de Santiago muy bien.

____

3. Es bueno probar el vino de Chile que es riquísimo.

____

4. Mi novio y yo queremos ir a un partido de fútbol.

____

5. Debo tomar muchas fotos de los Andes.

____

6. ¡Todos tenemos que practicar español!

____

C. Los verbos *ser, estar, tener* y *haber* ¿Qué está pasando? Escoge la mejor respuesta para explicar.

1. ______ Se siente enfermo.
   a. Está malo.
   b. Es malo.

2. ______ Nació en Uruguay.
   a. Es del Uruguay.
   b. Está en el Uruguay.

3. ______ Está bajo el cuidado constante de un psiquiatra.
   a. Está loco.
   b. Es loco.

4. ______ La familia siempre tuvo mucho dinero.
   a. Es rica.
   b. Está rica.

5. ______ La esposa está enamorada del cantante Luis Miguel.
   a. El esposo tiene celos.
   b. El esposo tiene prisa.

6. ______ El niño tiene ocho años y tiene demasiados regalos.
   a. Los padres tienen la culpa.
   b. Los padres tienen sueño.

7. ______ Prefiero las tortillas frescas de doña Mercedes.
   a. Están muchas en tu casa.
   b. Hay muchas en su casa.

Nombre ______________________________ Fecha ______________

D. Concordancia y posición de adjetivos Cambia la palabra subrayada para ver qué le dice Mariana a Carlos.

1. CARLOS: "Muchas mujeres son malas y tontas."
   MARIANA: (hombres) "______________________________"
2. CARLOS: "No hay grandes mujeres en la historia."
   MARIANA: (hombres) "______________________________"
3. CARLOS: "No hay mujeres guapas ni inteligentes en esta ciudad."
   MARIANA: (hombres) "______________________________"
4. CARLOS: "Los vestidos de las mujeres siempre son rojos, rosados o verdes."
   MARIANA: (chaquetas) "______________________________"
5. CARLOS: "Hmm, en realidad, tú no eres descortés ni fea."
   MARIANA: (ustedes) "______________________________"

IV. Cultura

¿Qué has aprendido en este capítulo sobre los hispanohablantes? Lee las siguientes oraciones y decide si son ciertas (**C**) o falsas (**F**).

1. Si tienes la piel negra no puedes ser hispano. **C / F**
2. Los soldados españoles llamaban a los pueblos indígenas "la raza". **C / F**
3. El festival del Día de la Raza celebra la mezcla racial de Latinoamérica. **C / F**
4. Hay mucha influencia africana en Cuba, Puerto Rico y Venezuela. **C / F**
5. Bill Richardson es un político norteamericano de ascendencia puertorriqueña. **C / F**

Nombre ______________________________ Fecha ______________

Capítulo 2 La familia

Vocabulario I Familias y tradiciones

2-1 La oveja negra de la familia Lee la siguiente historia de un pariente muy particular de una familia guatemalteca. Llena los espacios con la palabra apropiada.

afecto bisabuela primogénito regañaba tatarabuelo

En cada familia hay una oveja negra. Puede ser el hijo (1) ____________ o el hijo menor. Recuerdo que en mi casa siempre se mencionaba el nombre de mi (2) ____________ Jacinto con mucha reverencia. Se decía que después de tener una hija, mi (3) ____________ Candelaria se había marchado para California durante la época de la fiebre del oro para nunca regresar. Siempre lo imagino como una persona extraordinaria y lo recuerdo con mucho (4) ____________ aunque nunca lo conocí. Cuando era niño me encantaba empacar mis cosas y jugar a escaparme de mi casa para ir en busca de tata Jacinto. Tan pronto mi madre me veía con mi maleta se enojaba y me (5) ____________.

2-2 La familia y la sociedad ¿Quiénes son estas personas? ¿Cómo podemos describir sus relaciones familiares? Empareja la columna A con la columna B.

A		B
1. ____________	hermana de mi padre	a. tía abuela
2. ____________	hijo de mi tío	b. prima
3. ____________	confiar	c. cercana
4. ____________	íntima	d. tía
5. ____________	hija de mi tía	e. tatarabuela
6. ____________	la hermana de mi abuela	f. primo hermano
7. ____________	la madre de mi bisabuelo	g. contar con
8. ____________	el primer hijo de una pareja	h. primogénito

2-3 Estoy lejos de mi familia. Un estudiante reflexiona sobre su familia. Escoja la palabra apropiada entre paréntesis.

Éste es mi primer semestre de universidad y me siento un poco solo. No lo puedo creer pero me doy cuenta que soy un joven (1) ____________ (mimado / huérfano). Como soy (2) ____________ (hijo único / medio hermano) mis padres me tratan de manera especial. Me (3) ____________ (crié / eduqué) en una familia muy unida. Aunque no siempre me (4) ____________ (portaba / favorecía) bien, sé que mis padres y en especial mi (5) ____________ (abuela / hijastra) me trataron con afecto.

Nombre ______________________________ Fecha ______________

2-4 **¡Qué familia!** Cada familia tiene sus peculiaridades. Siempre que mi familia se reunía pasaba lo mismo. Completa las siguientes oraciones con la forma del verbo en el imperfecto.

1. Mi padre siempre (regañar) ____________ a todo el mundo.
2. Los gemelos (portarse) ____________ mal.
3. Mi tía Lili (castigar) ____________ a mi primo Toto.
4. Ya que (convivir) ____________ teníamos que aprender a soportarnos.
5. Naturalmente, siempre mi abuelo (pelearse) ____________ con mi abuela.

CD1-14

2-5 **Una familia complicada** Escucha la narración, llena el árbol genealógico y contesta las preguntas.

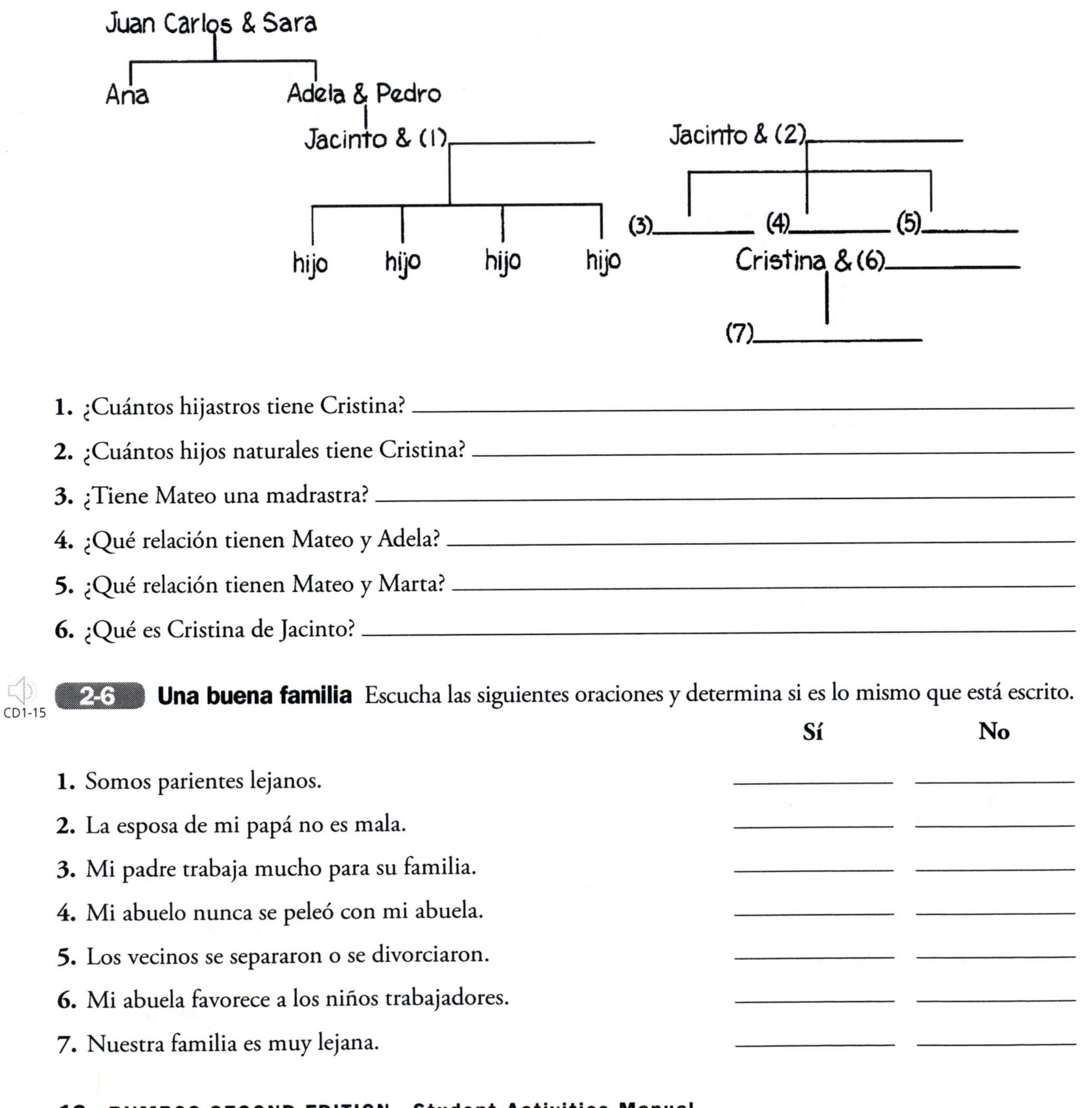

1. ¿Cuántos hijastros tiene Cristina? ______________________________
2. ¿Cuántos hijos naturales tiene Cristina? ______________________________
3. ¿Tiene Mateo una madrastra? ______________________________
4. ¿Qué relación tienen Mateo y Adela? ______________________________
5. ¿Qué relación tienen Mateo y Marta? ______________________________
6. ¿Qué es Cristina de Jacinto? ______________________________

CD1-15

2-6 **Una buena familia** Escucha las siguientes oraciones y determina si es lo mismo que está escrito.

	Sí	No
1. Somos parientes lejanos.	________	________
2. La esposa de mi papá no es mala.	________	________
3. Mi padre trabaja mucho para su familia.	________	________
4. Mi abuelo nunca se peleó con mi abuela.	________	________
5. Los vecinos se separaron o se divorciaron.	________	________
6. Mi abuela favorece a los niños trabajadores.	________	________
7. Nuestra familia es muy lejana.	________	________

Nombre ______________________ Fecha ______________

Estructura y uso I Diferencias básicas entre el pretérito y el imperfecto

2-7 **El pretérito** Llena la siguiente tabla con la forma correcta de los verbos en el pretérito.

	yo	tú	él, ella, usted	nosotros	ellos, ustedes
1. tener					
2. dormir					
3. poner					
4. sentir					
5. venir					
6. dar					
7. ser					
8. decir					
9. tocar					
10. ir					

2-8 **El imperfecto: ¡Cómo pasa el tiempo!** Lee lo que hizo esta persona ayer y escribe lo que hacía de niño cambiando la palabra subrayada al imperfecto.

Ayer	Cuando era niño
1. Llamé a mi novia.	______________ a mis amigos.
2. Fui a un concierto de rock.	______________ al cine.
3. Mis padres me regañaron de broma.	Mis padres ______________ porque no estudiaba.
4. Hice ejercicio en el gimnasio.	______________ ejercicio jugando en la calle.
5. Trabajé ocho horas.	No ______________.
6. Mis hermanos y yo comimos en un restaurante caro.	Mis hermanos y yo ______________ dulces.
7. Bebí un buen vino tinto.	______________ leche.
8. Mi familia fue a visitar a mi abuela.	Mi familia ______________ a la casa de mi abuela.

2-9 **Recuerdos de la escuela** Un joven describe un recuerdo de sus años escolares. Escribe la forma apropiada del verbo entre paréntesis.

Fui al Colegio Mayor del Rosario en Antigua. Siempre (1) ______________ (llegar) tarde. Todos los días (2) ______________ (ser) la misma historia. Hasta que un día el rector (3) ______________ (cerrar) la puerta a las ocho en punto. No (4) ______________ (saber) qué hacer. Finalmente (5) ______________ (regresar) a casa. No (6) ______________ (poder) quedarme en la calle. Cuando (7) ______________ (llegar) me (8) ______________ (encontrar) con otra puerta cerrada. Así fue cómo (9) ______________ (empezar) a no ir a clase.

Nombre ______________________________ Fecha ______________

2-10 Cuando cumplí 18 años. Hay ciertos momentos en la vida que se graban más en nuestra memoria. Uno de estos momentos fue cuando cumplí 18 años. Contesta la pregunta con la forma apropiada del verbo entre paréntesis.

¿Dónde vivías cuando tenías 18 años?

1. (vivir) ____________ con mis padres.

¿Cómo celebraste tu cumpleaños?

2. (organizar) ____________ una fiesta e invité a todos mis amigos.

¿Qué te regalaron?

3. Me (dar) ____________ juegos, libros y música.

¿Cuál es tu mejor recuerdo de esos años?

4. Recuerdo cuando (ir) ____________ a la oficina de tránsito a sacar mi licencia de conducir.

¿Por qué es tan importante tener una licencia de conducir?

5. Pues, porque en aquella época (ser) ____________ un símbolo de independencia y madurez.

CD1-16

2-11 Medalla de oro Escucha la narración sobre el nicaragüense Steven López, atleta olímpico de Tae Kwon Do. Escribe los verbos que escuchas en la columna apropiada.

	Pretérito	Imperfecto		Pretérito	Imperfecto
1. ser	____	____	8. practicar	____	____
2. poner	____	____	9. pasar	____	____
3. empezar	____	____	10. ganar	____	____
4. recibir	____	____	11. preguntar	____	____
5. tener	____	____	12. contestar	____	____
6. convertir	____	____	13. ser	____	____
7. llamar	____	____			

CD1-17

2-12 Más sobre Steven López Escucha otra vez la narración y escribe oraciones según la información en la narración. **¡OJO!** con el uso del pretérito y del imperfecto.

EJEMPLO Bruce Lee
El padre era fanático de Bruce Lee.

1. clases de defensa propia ______________________________
2. Tae Kwon Do ______________________________
3. cinta negra ______________________________
4. todos los días ______________________________
5. las Olimpiadas ______________________________
6. medalla de oro ______________________________

Estructura y uso II Más diferencias entre el pretérito y el imperfecto

2-13 **¿Cómo te fue?** Esteban y Marcos se encuentran en la cafetería de la universidad al principio del semestre. Marcos pasó el verano en Honduras y su amigo Esteban quiere saber cómo le fue. Lee el siguiente diálogo. Decide si debes usar el pretérito o el imperfecto.

ESTEBAN: Hola, Marcos. ¿Cómo has estado?

MARCOS: Pues bien, no puedo quejarme.

ESTEBAN: ¿Cómo te (1) ______________ (fue / iba) por Honduras?

MARCOS: Bastante bien si no tomo en cuenta un accidente que (yo) (2) ______________ (tuve / tenía).

ESTEBAN: Cuéntame qué (3) ______________ (pasó / pasaba).

MARCOS: El día antes de regresar a los Estados Unidos (4) ______________ (conocí / conocía) al director del programa de intercambios estudiantiles de nuestra universidad. Él (5) ______________ (fue / iba) a viajar en el mismo vuelo y se ofreció a llevarme al aeropuerto. Yo no (6) ______________ (quise / quería) ir con él pero no (7) ______________ (pude / podía) negarme. Para no alargar más la historia, te cuento que (nosotros) (8) ______________ (tuvimos / teníamos) un tremendo accidente. Este pobre señor no (9) ______________ (supo / sabía) manejar, además de que tampoco (10) ______________ (pudo / podía) explicar a la policía lo que pasó, pues no habla muy bien el español y terminamos todos en la cárcel.

ESTEBAN: ¡No te lo puedo creer!

2-14 **Una fiesta de sorpresa** Raúl le cuenta a su madre sobre la fiesta de sorpresa que sus compañeros de casa organizaron para celebrar su cumpleaños. Decide qué forma es necesaria —el pretérito o el imperfecto— para completar esta descripción.

Ayer (1) ______________ (llegar) a casa a la misma hora de siempre, pero de inmediato (2) ______________ (saber) que mis amigos me (3) ______________ (esperar) escondidos para sorprenderme. Tú sabes que desde cuando (4) ______________ (ser) pequeño (5) ______________ (poder) adivinar si iba a tener o no una fiesta de sorpresa. En fin, (6) ______________ (entrar) y (7) ______________ (esperar) hasta que todos salieron gritando. Tengo que confesar que no (8) ______________ (saber) cómo reaccionar y terminé gritando como los demás. En realidad, no hay nada que me guste más que compartir con buenos amigos.

Nombre ________________ Fecha ________________

2-15 Situaciones Escucha las cuatro situaciones narradas y pon el número correcto para indicar qué situación corresponde a cuál dibujo.

CD1-18

a. ________

b. ________

c. ________

d. ________

2-16 Situaciones otra vez Ahora escucha las situaciones otra vez y escribe los verbos que entiendes. Luego selecciona la clasificación que indica el uso de cada verbo: trasfondo *(background)*, cómo se sentía, progreso, acción simultánea o acción completa.

CD1-19

Situación 1

	Verbo	Uso
a.	________	________
b.	________	________
c.	________	________
d.	________	________

Situación 2

	Verbo	Uso
a.	________	________
b.	________	________
c.	________	________
d.	________	________
e.	________	________

Situación 3

	Verbo	Uso
a.	________	________
b.	________	________
c.	________	________
d.	________	________

Situación 4

	Verbo	Uso
a.	________	________
b.	________	________
c.	________	________

Nombre ______________________ Fecha ____________

Vocabulario II Ritos, celebraciones y tradiciones familiares

2-17 Asociaciones Acabas de leer un artículo en una revista y tienes una lista de las palabras que no entendiste. Empareja las palabras de la izquierda con las definiciones de la derecha.

1. ______ guirnalda
2. ______ agradecer
3. ______ fogata
4. ______ contar chistes
5. ______ trasnochar
6. ______ estar de luto
7. ______ bautismo

a. sacramento cristiano
b. vestir ropa negra como signo de pena y duelo
c. pasar la noche sin dormir
d. decir historias graciosas
e. corona tejida de flores y ramas
f. fuego que levanta mucha llama
g. mostrar gratitud, dar gracias

2-18 La página de Sociales en el periódico A continuación tienes los anuncios de la página social de un periódico centroamericano. Llena los espacios en blanco con las palabras apropiadas de la siguiente lista.

aniversario de bodas   el día del santo   el nacimiento   primera comunión   dar el pésame

El niño Pedro Gómez Rodríguez celebrará su (1) ______________ el próximo domingo 25 de febrero en la catedral de Antigua.

El doctor Mario Peralta Bosch y su esposa Teresa Pérez Holguín festejarán su

(2) ______________ con sus hijos y nietos en su hacienda de La Ceiba. La pareja cumple veinticinco años de matrimonio.

Este 29 de septiembre es el Día de San Rafael; no olvide felicitar a sus amigos de ese nombre ya que ellos celebran su (3) ______________.

La redacción de este periódico quiere (4) ______________ a la familia Urioste Salgado por la muerte de su padre don Ezequiel Urioste Salgado.

Felicitaciones a Teresita Torres y su esposo José Torres por (5) ______________ de su hija, Sofía Alejandra.

2-19 Definiciones A continuación tienes una frase que se usa para definir o describir algo. Completa cada oración con la palabra descrita o definida.

EJEMPLO Se dice que una persona que espera solo lo peor de la vida. Es una persona **pesimista**.

1. Se dice de una persona que se siente regularmente triste. Es una persona ______________
______________________________.
2. Se dice de alguien que va a misa y sigue todos los preceptos de su iglesia. Es una persona ______________
______________________________.

Nombre ______________________________ Fecha ______________

3. Se dice de una fiesta para celebrar los 15 años de una niña. Es una fiesta de ______________

______________________________.

4. Se dice de una fiesta judía en la que se enciende una vela diaria por ocho días. Es la fiesta de ______

______________________________.

5. Se dice de una composición musical que se canta en Navidad. Es un ______________

______________________________.

6. Se dice que una persona que ha bebido alcohol en exceso. Esa persona se ______________

______________________________ con cerveza.

CD1-20

2-20 Días especiales Escucha las narraciones y decide si las oraciones son ciertas (**C**) o falsas (**F**).

1. **a.** La familia celebra un aniversario. **C / F**
   b. La familia está de luto. **C / F**
   c. Los amigos le dan el pésame. **C / F**
2. **a.** En estos días se celebra una boda. **C / F**
   b. Se cantan villancicos. **C / F**
   c. Algunos se emborrachan. **C / F**
3. **a.** Se celebra el nacimiento de una persona. **C / F**
   b. Se decora la casa. **C / F**
   c. Los adultos se acuestan temprano. **C / F**

CD1-21

2-21 ¿Qué es? Escribe el número de la definición que escuchas.

1. ______ bautismo
2. ______ rezar
3. ______ quinceañera
4. ______ Janucá
5. ______ graduación
6. ______ sacerdote
7. ______ chiste
8. ______ globo

Nombre ____________________ Fecha ____________

Estructura y uso III Palabras negativas e indefinidas

2-22 Honduras, país de muchas culturas Lee la siguiente descripción de un aspecto de la cultura hondureña. Escoge la palabra apropiada.

(1) ____________ (De algún modo / Nadie / Ni yo tampoco) puede negar que Honduras tiene una gran diversidad natural como cultural. (2) ____________ (Alguna vez / De algún modo / Alguien) los descendientes de indígenas, africanos y españolas continúan manteniendo viva las culturas de sus antepasados. (3) ____________ (Alguien / Nadie / Tampoco) dijo, no recuerdo quién, que la diversidad cultural se puede ver en la manera que los hondureños celebran los nacimientos, los funerales y las fiestas religiosas. Claro que la vida en las ciudades es diferente y (4) ____________ (ni yo tampoco / ya no / siempre) se ven tan claramente esas influencias. En Tegucigalpa, por ejemplo, las costumbres de los abuelos se empiezan a olvidar. Ha llegado hasta el punto que (5) ____________ (tampoco / nadie / algo) recuerda las costumbres de sus padres.

2-23 ¿Qué hay que hacer en Honduras? Lee el siguiente diálogo sobre las atracciones culturales en Honduras. Escoge la palabra apropiada de la lista.

algunas algo ni siquiera alguna vez nunca

LUCAS: ¿Conoces Honduras?

PABLO: No, (1) ____________ he visitado esa parte del mundo. ¿Y tú?

LUCAS: Sí, conozco (2) ____________ partes del país.

PABLO: Dicen que no hay nada que hacer en Honduras. ¿Es verdad?

LUCAS: No, no es verdad. En Honduras siempre hay (3) ____________ que hacer. ¿(4) ____________ oíste hablar del Carnaval de Mayo de La Ceiba?

PABLO: No, (5) ____________ sabía que existía La Ceiba.

2-24 Mi cumpleaños Te sientes un poco triste al recordar cómo celebraste tu cumpleaños el año pasado. Ahora quieres cambiar de actitud y quieres ver las cosas de una manera más positiva. Cambia las oraciones de tal manera que reflejen un tono positivo.

1. No recuerdo nada de ese día.

   ____

2. Nadie me llamó por teléfono.

   ____

3. Eso jamás se lo voy a contar a nadie.

   ____

4. Tampoco quiero saber por qué salió todo tan mal.

   ____

5. De ninguna manera me voy a recuperar de ese contratiempo.

____

6. Ninguno de mis familiares me dieron regalos.

____

7. Nunca lo voy a recordar ese día con tristeza.

____

8. Ni tengo ganas ni quiero volver a celebrar mi cumpleaños.

____

9. No quiero que ninguna persona le cuente a mi novia lo que pasó.

____

10. Ninguna de mis amistades pasaron por la casa a saludarme.

____

CD1-22

2-25 Navidad Durante las Navidades en Nicaragua siempre se junta toda mi familia. Nos la pasamos muy bien comiendo, riendo y cantando canciones navideñas. A mi primita, Margarita, le gusta mucho cantar, ¡pero muchas veces en sus canciones dice las cosas al revés! Escribe lo opuesto de lo que dijo Margarita para ver qué es verdad.

EJEMPLO *Tú escuchas:* Nunca canto los villancicos durante la Navidad.
Tú escribes: **Siempre** canto los villancicos durante la Navidad.

1. ______________________________ me gustó contar chistes.
2. ______________________________ me regaló un globo.
3. ______________________________ voy a envolver el regalo.
4. ______________________________ me gustan los tamales.
5. ______________________________ elegantes en Navidad.

CD1-23

2-26 Un amigo negativo Vas a escuchar unas preguntas que le hace Pedro a su amigo y éste contesta siempre en una forma negativa. Usa el siguiente vocabulario: **ya no, nunca, tampoco, ninguna, todavía, nadie.**

EJEMPLO *Tú escuchas:* ¿Alguna vez has estudiado nahuatl?
Tú escribes: **Nunca he estudiado nahuatl.**

1. ____
2. ____
3. ____
4. ____
5. ____

Nombre ______________________ Fecha ____________

Impresiones 

¡A leer! La imagen cambiante de la familia centroamericana

Lee el siguiente artículo sobre la familia centroamericana y luego haz la actividad de la sección **Después de leer** para verificar tu comprensión de la lectura.

Estrategia: Usando la idea principal para anticipar el contenido
Regresa a la página 78 en el libro de texto y repasa la sección sobre esta estrategia de lectura.

Antes de leer Lee el título del siguiente artículo y selecciona la frase que mejor completa la siguiente oración.

Este artículo probablemente quiere…

a. informar al lector sobre los cambios de la imagen de la familia en Centroamérica.
b. persuadir al lector sobre los beneficios de la imagen moderna de la familia.
c. dar un ejemplo de una familia y los cambios por los que ha pasado en los últimos años.

A leer Ahora lee el artículo con cuidado e identifica la idea central de cada párrafo.

La imagen cambiante de la familia centroamericana

Guatemala, Honduras y Nicaragua han pasado en las últimas tres décadas por una serie de cambios que han afectado profundamente la imagen que se tiene de la familia. Por siglos la familia se consideró como la base de la sociedad y estaba formada en el imaginario común por un padre que trabajaba para sostener a su esposa, hijos y demás parientes necesitados de su protección. El reino *(realm)* del padre era la plaza pública y el de la madre el hogar *(home)*.

El crecimiento *(growth)* de la población, el desplazamiento de campesinos e indígenas del campo hacia las ciudades, los diferentes conflictos armados, la migración hacia el extranjero, el acceso a medios modernos de comunicación como son la radio, la televisión, el cine, el teléfono y el Internet han influido sobre los valores culturales centroamericanos y alterado la imagen que se tiene de la familia en esta parte del mundo.

El crecimiento de la población joven combinado con las dificultades económicas y la inestabilidad política han promovido la revaluación de la imagen de la familia. La falta de empleo, los bajos salarios, la alta inflación y la falta de servicios sociales han obligado a muchas mujeres y a menores de edad a trabajar fuera de su hogar para hacer posible la supervivencia *(survival)* de la familia. Para algunos el antiguo "ideal" de la familia fue siempre un modelo impuesto por un sector pequeño de la población al resto de la población y que poco tuvo que ver con la realidad de la vida diaria de la mayoría de los centroamericanos.

Las guerras civiles en Guatemala y Nicaragua aceleraron el proceso de desintegración familiar al eliminar centenares *(hundreds)* de padres de familia que se vieron obligados a abandonar a sus hijos y esposas. La crisis económica es un factor más que crea cambios en la estructura familiar al impulsar la migración de miles de hombres hacia el extranjero en busca de mejores oportunidades de vida. Esta migración ha debilitado los lazos familiares y ha creado núcleos familiares con características diferentes a los tradicionales. El trabajo femenino en las maquiladoras *(foreign owned factories)* ha ayudado a cuestionar el papel tradicional de la mujer.

(continued)

(continued)

Finalmente, en los centros urbanos como Guatemala, Tegucigalpa y Managua millones de centroamericanos son diariamente bombardeados por los medios modernos de comunicación con imágenes de núcleos familiares diferentes donde el individualismo, el materialismo y el consumismo se presentan como valores superiores a los de la solidaridad familiar.

La familia sigue siendo en Guatemala, Honduras y Nicaragua un valor cultural importante pero su caracterización ha empezado a cambiar y seguirá evolucionando y tratando de adaptarse a las realidades de la vida diaria de la población.

Después de leer Ahora selecciona la respuesta correcta a las siguientes preguntas.

1. Según el imaginario común de los centroamericanos, ¿cuáles son las características de la familia tradicional?
   a. La familia tradicional tiene un padre que trabaja para sostener a su esposa, hijos y otros parientes.
   b. Incluye a los abuelos, los padrinos y demás familiares.
   c. Se caracteriza por la dependencia que unos tienen de otros.

2. Según el autor, ¿cuál es el reino de la madre y del padre?
   a. El reino de la madre es la iglesia y el del padre su trabajo.
   b. El reino de la madre es el hogar y el del padre es la plaza pública.
   c. El reino de la madre es la familia y el del padre la política.

3. ¿Por qué se ven obligadas muchas mujeres a trabajar fuera de sus hogares?
   a. Muchas mujeres se ven obligadas a trabajar fuera de sus hogares a causa de presiones sociales.
   b. Muchas mujeres se ven obligadas a trabajar fuera de sus hogares a causa de presiones culturales.
   c. Muchas mujeres se ven obligadas a trabajar fuera de sus hogares a causa de presiones económicas.

4. ¿Cómo afectaron las guerras civiles la imagen de la familia?
   a. Las guerras civiles apoyaron el desarrollo de la familia extendida.
   b. Aceleraron el proceso de desintegración familiar al eliminar centenares de padres de familia.
   c. Impulsaron el divorcio y la separación legal de las parejas.

5. ¿Cómo afectan los medios modernos de comunicación los valores tradicionales de los centroamericanos?
   a. Los medios modernos de comunicación influyen sobre los valores tradicionales porque presentan nuevas imágenes sobre la familia.
   b. Influyen sobre los valores tradicionales porque la mayoría de la gente no sabe leer ni escribir y sólo ve televisión.
   c. Influyen sobre los valores tradicionales porque ayudan a la capacitación moral de la población.

Nombre ______________________________ Fecha ______________

¡A escribir! Las idiosincrasias de mi familia

El tema Cada familia tiene sus costumbres y características particulares. Piensa en una anécdota que capture algunos aspectos de tu familia que tú consideres únicos.

El contenido Antes de completar esta actividad regresa al libro de texto y lee otra vez la estrategia de escritura: la selección de detalles apropiados. Luego anota los detalles que recuerdes de algún evento familiar que pueda resaltar *(stand out)* la idiosincrasia de tu familia.

____

____

____

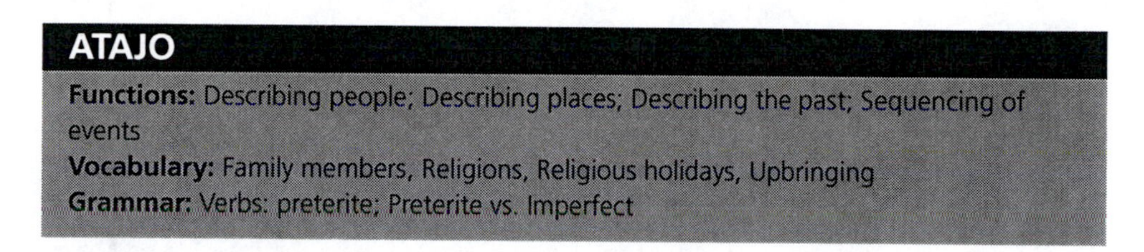

El primer borrador Basándote en la información de la sección **El contenido,** escribe el primer borrador de tu anécdota.

Revisión y redacción Ahora revisa tu borrador, y haz los cambios necesarios. Asegúrate de verificar las formas y usos de **haber** + el participio pasado y las diferencias entre el pretérito y el imperfecto.

Nombre ________________________________ Fecha ______________

CD1-24

¡A pronunciar! Las consonantes "t", "p" y "d", "v" y "b"

La pronunciación de estas consonantes te delatan *(give you away)* como hablante no nativo si no las pronuncias bien.

En el caso de la "t", la "d" y la "p", su pronunciación en español es más suave que en inglés y además, no se escapa tanto aire como en la pronunciación inglesa. Escucha primero, prestando atención a la pronunciación de estas letras y repite.

Sonido de la "d"

describir
duradero
dar
divorciarse

Sonido de la "t"

tatarabuela
tío
Tegucigalpa
tratado

Sonido de la "p"

pésame
preparativos
primogénito
pareja

La "b" y la "v", a diferencia del inglés, se pronuncian igual. Escucha estas palabras y repite prestando atención a la pronunciación de estas dos letras.

Sonido de la "b"

bautismo
bisnieto
abuela
trabajaba

Sonido de la "v"

venir
villancicos
convivir
divorcio

- Repite las siguientes oraciones prestando atención a los sonidos de la "p", "t", "d", "v" y "b".
  La abuela bebió un buen vino tinto.
  Pedrito es el primogénito de Pepa y Pedro.
  Paco le dio el pésame a Pablo.
  Dale una descripción del difunto a Daniel.
  Se divorciaron. Ya no se querían.
  Mi tatarabuela trata bien a mi tío.

- Repite estos trabalenguas *(tongue-twisters).*
  Tres tristes tigres tragan trigo en tres tristes trastos.
  Yo no compro coco y porque como poco coco poco coco compro.

Nombre ____ Fecha ________________

Autoprueba

I. Comprensión auditiva

CD1-25

Escucha la narración de esta sorpresa de Navidad y decide si las oraciones son ciertas **(C)** o falsas **(F)**.

1. Mi papá trabajaba en los días festivos. **C / F**
2. Mi papá trabajaba limpiando habitaciones en hoteles. **C / F**
3. Una sorpresa fue que mi papá estuvo en mi casa el día de Navidad. **C / F**
4. Otra sorpresa fue que recibí una motocicleta. **C / F**

II. Vocabulario

¿Qué es bueno y qué es malo? Busca en la columna B la palabra opuesta a la palabra en la columna A y escribe la letra en el espacio.

A		B
1. ______	abrir regalos	**a.** emborracharse
2. ______	muerte	**b.** estar de luto
3. ______	estar muy alegre	**c.** dar el pésame
4. ______	no creer en Dios	**d.** felicitar
5. ______	abstenerse de beber alcohol	**e.** envolver
6. ______	regañar	**f.** aceptar
7. ______	lejano	**g.** nacimiento
8. ______	malentendido	**h.** religioso
9. ______	rechazar	**i.** comprendido
10. ______	regocijar	**j.** cercano

III. Estructuras

A. Pretérito e imperfecto Para entender este chiste, llena los espacios en blanco con las formas apropiadas del pretérito y el imperfecto.

Una vez, una pareja de sesenta años (1) ____________ (celebrar) su aniversario número 30. Durante la celebración, ellos (2) ____________ (recibir) la visita de un genio *(genie)* en una botella. El genio (3) ____________ (decir) que (4) ____________ (ir) a concederles un deseo a cada uno como regalo de aniversario. La mujer (5) ____________ (pedir): "¡Quiero un viaje alrededor del mundo con mi esposo!" El genio le (6) ____________ (decir) "abracadabra" y (7) ____________ (aparecer) dos boletos de avión. El esposo (8) ____________ (pensar) por unos minutos y (9) ____________ (decir): "¡Lo siento, mi amor, pero mi deseo es viajar con una mujer 30 años menor que yo!" El genio le (10) ____________ (conceder) el deseo: ¡El hombre (11) ____________ (pasar) a tener 90 años!

Nombre ______________________________ Fecha ______________

B. Palabras que cambian de significado. ¿Qué pasó cuando este niño nació? Escoge la mejor explicación.

1. _______ Fui directamente a la sala de maternidad sin problemas.

2. _______ Ricardo no fue al hospital a ver a su nuevo hermanito porque no le gustan los hospitales.

3. _______ A mí me presentaron a mi nuevo hermanito por primera vez en el hospital.

4. _______ El papá quería ir, pero tuvo un accidente en el camino.

5. _______ ¡Leí el certificado de nacimiento y vi que el nombre del padre era diferente al mío!

6. _______ Era claro, porque el niño no se parecía a mí.

a. No pudo ir.
b. Conocía bien el hospital.
c. No quiso ir.
d. Lo conocí en el hospital.
e. Sabía que no era su hermano.
f. Supe que no era mi hermano.

C. Palabras negativas Tu amigo es antipático y siempre dice "no" a todo. Contesta por él a tus preguntas.

1. ¿Quieres algo?

____

2. ¿Quieres conocer a alguien?

____

3. ¿Prefieres algún lugar para ir de vacaciones?

____

4. ¿Siempre eres tan negativo?

____

IV. Cultura

¿Qué sabes sobre Centroamérica? Lee las siguientes oraciones y decide si son ciertas **(C)** o falsas **(F)**.

1. Una quinceañera es una celebración de un aniversario de boda. **C / F**

2. El Día de Reyes Magos es una celebración en enero similar a la Navidad. **C / F**

3. En Guatemala, es normal para un hombre de 28 años vivir con sus padres. **C / F**

4. Una familia en Centroamérica significa solo padre, madre e hijos. **C / F**

5. Por lo general, en Honduras, como el resto de Centroamérica, los jóvenes tienen fiestas para ellos mismos. **C / F**

Nombre ______________________________ Fecha ______________

Capítulo 3 Los viajes

Vocabulario I Estudiar en el extranjero

3-1 ¿Qué palabra no forma parte de esta serie? Mientras esperas en la oficina de asuntos internacionales de la universidad, empiezas a leer una revista y encuentras el siguiente juego. Tienes que identificar cuál de las siguientes palabras no corresponde a la lista.

EJEMPLO trámite	diligencia	tarea	(comunicar)
1. integrarse	formar parte	incorporarse	retirarse
2. cursar	estudiar	abandonar	aprender
3. recámara	salón	dormitorio	camarera
4. vigente	válido	presente	viejo
5. recámara	inscripción	colegiatura	beca
6. trámite	solicitud	estancia	historial académico
7. mudarse	involucrarse	integrarse	combinarse
8. recámara	habitación	vacuna	cuarto

3-2 Información para futuros estudiantes Un compañero mexicano te manda la siguiente carta contándote sobre los servicios que ofrece la Universidad Autónoma Latinoamericana. Completa el siguiente correo electrónico con las palabras de la siguiente lista.

posgrado los trámites inscribirte licenciaturas hospedaje

Querido Jasón,

Aquí te mando las respuestas a las preguntas que me enviaste.

La Universidad Autónoma Latinoamericana ofrece (1) ______________ en música, teatro, lenguas y administración de empresas. Además, este semestre van a ofrecer por primera vez cursos de (2) ______________ para aquellos estudiantes que hayan terminado su licenciatura. Si quieres (3) ______________ en el programa para extranjeros, envíale una carta al decano de asuntos internacionales. Él se encarga de (4) ______________ de inmigración para todos los estudiantes extranjeros. Todo lo que tiene que ver con (5) ______________, o sea, donde vas a vivir lo tienes que hacer por tu cuenta.

Espero que esta información te ayude en algo.

Un abrazo,

Pepe

Nombre ______________________________ Fecha ______________

3-3 Un veterano describe sus experiencias. A continuación tienes una descripción de un estudiante que tiene mucha experiencia estudiando en el extranjero. Completa las oraciones con la forma correcta del verbo de la siguiente lista.

enfrentarse   acoplarse   involucrarse   elegir   integrarse   extrañar

Normalmente, (1) ____________ bien en una nueva cultura. (2) ____________ a nuevos retos (*challenges*). Claro está, que (3) ____________ con cuidado dónde quiero vivir. Tan pronto llego a la nueva cultura (4) ____________ en todo tipo de actividades. Por lo general, no (5) ____________ ni a mi familia ni a mis amigos. (6) ____________ rápidamente a mi nueva circunstancia.

CD1-26

3-4 ¡¿Adónde?! Escucha la conversación entre un estudiante y sus padres y contesta las preguntas que siguen.

1. ¿Adónde quiere ir el estudiante y por cuánto tiempo?

   ____

2. ¿Por qué dice que va a madurar?

   ____

3. Si vive con una familia, ¿son más o menos los gastos?

   ____

4. ¿Cómo piensa financiar su viaje?

   ____

5. ¿Quién está ayudando al estudiante a hacer los trámites?

   ____

6. El padre, ¿le dio permiso o no?

   ____

CD1-27

3-5 Ya está en México. Escucha la siguiente conversación telefónica y selecciona la mejor respuesta.

1. ¿Qué consiguió la estudiante?
   - **a.** un departamento
   - **b.** estudiar en el departamento de español
   - **c.** pagar el alquiler

2. ¿Qué es muy cómoda?
   - **a.** la fecha límite
   - **b.** el dinero
   - **c.** la recámara

3. ¿Qué le pregunta el padre?
   - **a.** si tiene dinero para el alquiler
   - **b.** si la licencia de conducir está vigente
   - **c.** si puede estudiar mañana

4. ¿Qué pasa en la escuela?
   - **a.** Eligió sus clases.
   - **b.** Terminó de cursar sus clases.
   - **c.** Va a cursar trece clases.

5. ¿Cómo le va en México?
   - **a.** Extraña a sus amigos.
   - **b.** No ha tenido choques culturales.
   - **c.** Se está acoplando bien.

Nombre ______________________________ Fecha ______________

Estructura y uso I Las preposiciones *por* y *para*

3-6 Malas noticias A mi compañero de cuarto lo acaban de expulsar de la universidad. Identifica la expresión apropiada para cada caso.

1. Él…
   - **a.** no está para bromas.
   - **b.** no sirve para bromas.
   - **c.** no está por eso.
2. Creo que quiere empezar a trabajar…
   - **a.** por ejemplo.
   - **b.** por su cuenta.
   - **c.** por ningún lado.
3. …no tiene talento para la vida académica.
   - **a.** Por última vez
   - **b.** Por lo visto
   - **c.** Por su cuenta
4. …va a tener que encontrar un trabajo en algún lado.
   - **a.** Por ahora
   - **b.** Por adelantado
   - **c.** Por ciento
5. No es cierto lo que dice su madre que él no sirve…
   - **a.** por aquí.
   - **b.** por casualidad.
   - **c.** para nada.

3-7 Visita de un grupo de teatro universitario Lee el siguiente artículo periodístico anunciando la llegada de una compañía de teatro. Llena el espacio con **por** o **para**.

El grupo de teatro universitario mexicano Xola está de paso (1) ______________ Madrid y presentará (2) ______________ deleite *(delight)* de todos tres de sus mejores obras. (3) ______________ muchos críticos esta compañía representa lo mejor del arte dramático azteca. La compañía está dirigida (4) ______________ el licenciado Pedro Villa Alfaguara, a quien se le conoce en nuestro país (5) ______________ más de veinte años. (6) ______________ cierto, esto no es (7) ______________ casualidad ya que él trabajó (8) ______________ más de diez años en nuestra ciudad.

Nombre ______________________ Fecha ______________

3-8 La vida de un perezoso Aquí tienes las aspiraciones y hábitos de un amigo un poco perezoso. Escoge entre **por** o **para** para completar las siguientes oraciones.

Según mis padres yo no hago nada que valga la pena, (1) ____________ ellos soy un perezoso. Yo definitivamente trabajo (2) ____________ vivir y no vivo (3) ____________ trabajar. Me encanta estudiar (4) ____________ la mañana. (5) ____________ la tarde me gusta descansar. Tengo un buen amigo que de vez en cuando trabaja (6) ____________ mí, aunque a mi jefe no le gusta que él me reemplace. (7) ____________ él debo ser yo el que trabaje.

CD1-28

3-9 Una conversación Jessica es una estudiante estadounidense, pero está estudiando en el extranjero por un semestre en la UNAM. Jessica decidió llevarse su teléfono celular para comunicarse desde México, pero a veces tiene mala recepción y parte de su conversación se corta *(is cut off)*. La siguiente es una conversación telefónica entre Jessica y su amiga, pero algunas partes de lo que dijo Jessica se cortaron. Escoge la respuesta que mejor complete lo que dice Jessica.

1. a. por los edificios. **b.** para los edificios.
2. a. por cada 25 estudiantes. **b.** para cada 25 estudiantes.
3. a. por financiar parte del viaje. **b.** para financiar parte del viaje.
4. a. por gastos escolares y emergencias. **b.** para gastos escolares y emergencias.
5. a. por mi clase de literatura mexicana. **b.** para mi clase de literatura mexicana.

CD1-29

3-10 Estudiar en México Mis padres se despiden de mí. ¿Qué dicen? Completa las oraciones usando frases con **por** o **para**.

para mí	por completo	por ningún lado
para siempre	por dentro	por si acaso
por ahora	por desgracia	por su cuenta
por casualidad	por lo visto	por último

1. ______________________________ piensa que voy a hablar inglés.
2. ______________________________ es mejor tener una copia.
3. Lo compraron ______________________________.
4. No la veo ______________________________.
5. Lo hizo ______________________________.
6. Busqué el regalo y no lo encontré ______________________________.
7. ______________________________ subí al avión.

Nombre ________________ Fecha ________________

Estructura y uso II Verbos reflexivos y recíprocos

3-11 No estaré aquí el fin de semana. Tu madre tiene que ausentarse *(go away)* durante el fin de semana y te deja a cargo de *(leaves you in charge of)* la casa. Aquí tienes una nota que ella te dejó. Escoge la forma apropiada del verbo.

Carlos, estaré fuera todo el fin de semana y te pido que por favor te hagas cargo de la casa. (1) ____________ (Acuerda / Acuérdate) de sacar el perro a eso de las seis. No te olvides de (2) ____________ (lavar / lavarte) los platos después de comer. No (3) ____________ (acuestes / te acuestes) muy tarde. (4) ____________ (Pon / Ponte) el despertador para que no lleguen tarde a tu partido de fútbol. Recuerda que el sábado tienes que (5) ____________ (despertarte / despertar) y (6) ____________ (levantar / levantarte) a tu hermano.

3-12 Un mensaje desde Mérida Amparo está de regreso en Virginia después de haber pasado un semestre estudiando en la UAEM en Toluca, México. Lee el correo electrónico y escoge y escribe la forma apropiada del verbo en paréntesis.

Queridos amigos,

No me van a creer pero estoy pasando otra vez por un choque cultural. Las costumbres de mis compañeros me parecen extrañas. Tengo un poco de dificultad en (1) ____________ (acoplarse / olvidarse) a la rutina diaria. Les cuento que (2) ____________ (darse cuenta / mudarse) al departamento de Ricardo la semana entrante. Quiero vivir cerca de la universidad para (3) ____________ (involucrarse / irse) un poco más en las actividades de la universidad. Claro, (4) ____________ (darse cuenta / acoplarse) que tengo mucha suerte y que los problemas son mínimos.

Los extraño mucho. ¡No (5) ____________ (involucrarse / olvidarse)!

Besos

Amparo

3-13 Ojalá no se nos olvide nada. Ustedes pasaron un verano estudiando en Saltillo, México y ahora están listos para regresar a los Estados Unidos. Antes de salir para el aeropuerto el director del programa les hace las siguientes preguntas. Contesta en oraciones completas.

1. ¿A qué hora se durmieron ustedes anoche?

____

2. ¿Se acordaron de pagar la colegiatura?

____

3. ¿Fueron a ver al asesor académico?

____

Nombre ______________________________ Fecha ______________

4. ¿Se despidieron de la señora de la casa?

____

5. ¿Quitaron las fotos de las paredes de su cuarto?

____

6. ¿Pusieron todas las cosas en su sitio?

____

CD1-30 **3-14 Describe el dibujo.** Escucha la narración y escribe el número de la descripción debajo del dibujo. Luego, describe lo que pasa usando un verbo reflexivo.

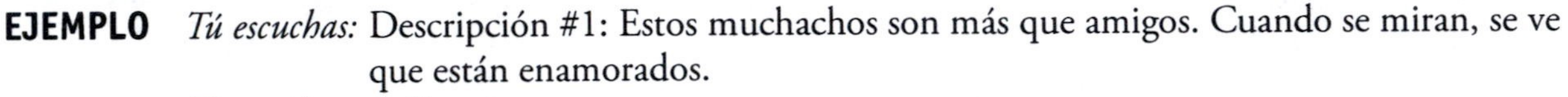

EJEMPLO *Tú escuchas:* Descripción #1: Estos muchachos son más que amigos. Cuando se miran, se ve que están enamorados.

Tú escribes: **1. Se miran.**

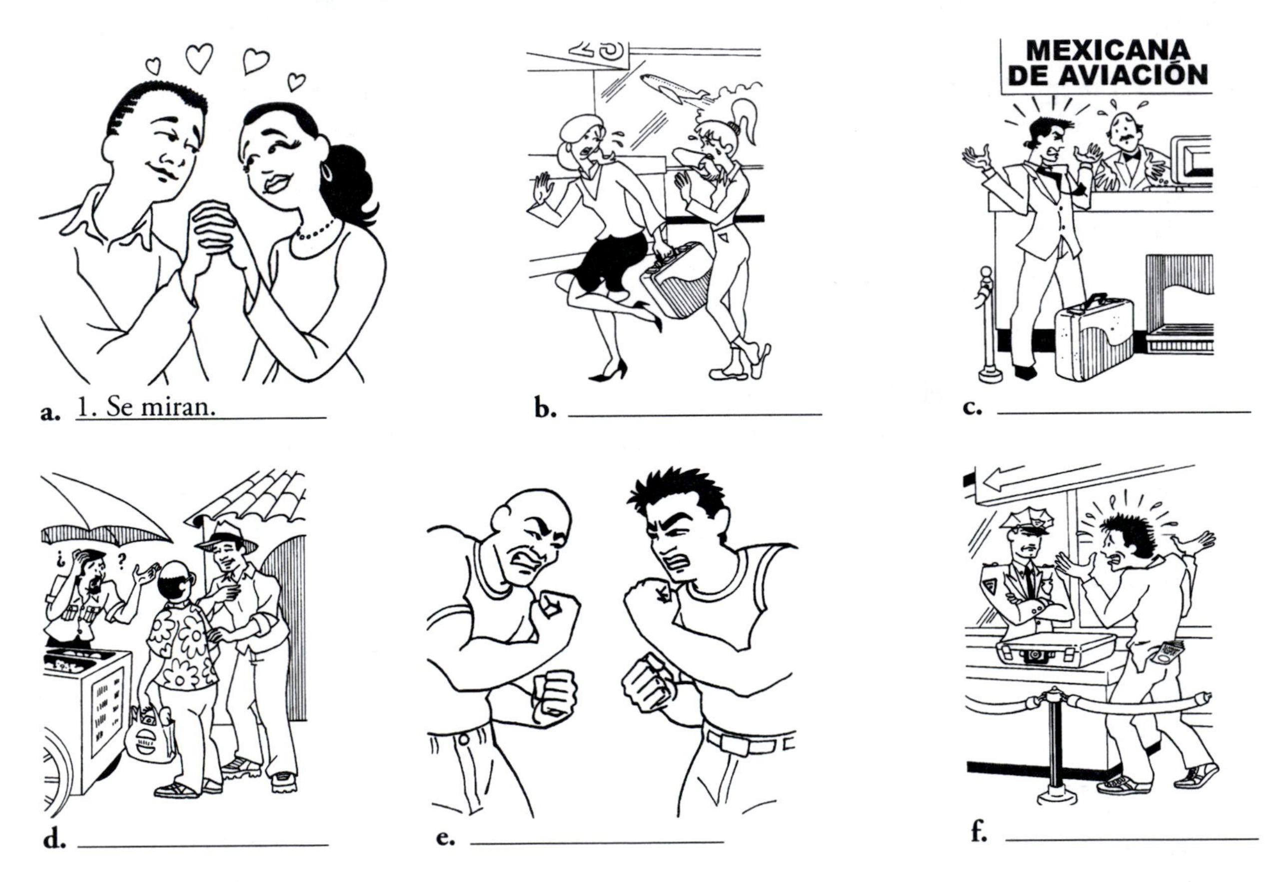

a. 1. Se miran. b. ____________ c. ____________

d. ____________ e. ____________ f. ____________

CD1-31 **3-15 Mi familia mexicana** Escucha las experiencias de esta persona y selecciona una de las oraciones de abajo que mejor representa lo que dice.

1. **a.** Voy a hospedarme con una familia.
   b. Voy a despedirme de la familia.

2. **a.** Se parecen.
   b. Se quejan.

3. **a.** Voy por la mañana.
   b. Me voy a caminar.

4. **a.** Se despierta tarde.
   b. Se duerme en el escritorio.

Nombre ______________________________ Fecha ______________

Vocabulario II Viajando en el extranjero

3-16 ¿Cómo lo puedo explicar? Tú estás estudiando español en la ciudad de Cuernavaca en México. Empareja cada palabra con su sinónimo o descripción.

A	B
1. ______ autobús	**a.** tarifa
2. ______ ida y vuelta	**b.** vagones
3. ______ coches	**c.** camión
4. ______ billete	**d.** viaje redondo
5. ______ conductor	**e.** pasaje
6. ______ precio	**f.** chofer
7. ______ bajar el precio	**g.** descuento
8. ______ edificios en mal estado	**h.** ruinas

3-17 Definiciones La agencia de turismo del estado de Baja California me envió gran cantidad de información sobre los atractivos turísticos del estado pero hay muchas palabras que no entiendo. Ayúdame a entenderlas al completar las definiciones siguientes con la palabra correcta.

tarifa	hostal	regatear	recorrido
folleto	itinerario	impuesto	alojarse

1. Una lista del horario y de la secuencia de eventos a llevarse acabo durante un viaje es un ______________.
2. Un documento que incluye los nombres de los lugares que se van a visitar es un ______________.
3. Debatir el precio de algo puesto en venta es ______________.
4. Unas páginas impresas con información sobre algún tema es un ______________.
5. Cantidad de dinero que un contribuyente paga a una entidad gubernamental es un ______________.
6. Quedarse o hospedarse en un hotel es ______________.
7. Casa donde se da comida y lugar para dormir es un ______________.
8. Precio que se paga por un viaje es la ______________.

3-18 Encuesta La Secretaría de Turismo de Puebla, México quiere saber un poco más sobre los hábitos de los turistas norteamericanos. Escoge la respuesta apropiada.

1. ¿Con qué línea aérea vuela usted con más frecuencia?
   - **a.** Viajo con Aeroméxico.
   - **b.** Viajo con Amtrak.
   - **c.** Viajo con Greyhound.
2. ¿Dónde se queda usted normalmente?
   - **a.** Me gusta la cadena Holiday Inn.
   - **b.** Me gusta la ciudad grande.
   - **c.** Me gusta el pueblo pequeño.

3. ¿Dónde renta usted su carro?
   a. en el restaurante
   b. en la piscina
   c. en el aeropuerto

4. ¿Qué es un aventón?
   a. cuando alguien me ayuda con las maletas
   b. cuando alguien me lleva en su carro gratis
   c. cuando alguien me renta un carro

5. ¿Qué lugares de interés le gusta visitar cuando viaja?
   a. Me gusta ir a los consultorios médicos.
   b. Me gusta ir a los museos.
   c. Me gusta regresar a casa.

6. ¿Cuál fue su destino final en este viaje?
   a. el huracán Andrew
   b. el puerto principal del Caribe
   c. el vuelo de ida y vuelta

7. ¿Qué agencias de viaje utiliza usted para reservar sus viajes?
   a. Uso lugares pequeños donde me conocen.
   b. Uso la biblioteca de mi barrio.
   c. Uso el estado del tiempo.

8. ¿Cuál es el recorrido turístico que más ha disfrutado?
   a. el viaje del D.F. a Puebla
   b. el barco transoceánico
   c. las pirámides de dulce

CD1-32

3-19 Transportación Escucha las siguientes descripciones y decide qué tipo de transportación están usando. Escribe la letra de la descripción al lado del medio de transportación correcto.

1. _______ camiones o autobuses
2. _______ carro
3. _______ pedir aventón
4. _______ taxi
5. _______ metro
6. _______ avión

CD1-33

3-20 ¡Anuncios! Escucha los anuncios que se oyen en un aeropuerto y decide si las oraciones siguientes son ciertas (**C**) o falsas (**F**).

1. El vuelo va tarde. **C / F**
2. El vuelo a Guadalajara va a salir pronto. Los pasajeros deben ir al andén y revisar sus itinerarios. **C /F**
3. El pasajero Miguel Cintrón no tiene pasaje. Debe buscarlo en la parada. **C / F**
4. Hay más pasajeros que asientos en el vuelo. La aerolínea ofrece un vuelo barato para los voluntarios que puedan esperar a otro vuelo. **C / F**

Nombre ______________________ Fecha ______________

Estructura y uso III Expresiones comparativas y superlativas

3-21 Pensando en un viaje No sé qué pensar. Escoge la respuesta apropiada.

1. Viajar en camión es…
   a. más barato que viajar en tren.
   b. mejor que ir a pie.
   c. malo porque la comida que tienen no es buena.

2. Los hostales son generalmente…
   a. peores que los hoteles.
   b. mayores que los moteles.
   c. más caros que los hoteles.

3. En lugares turísticos como Cancún…
   a. hay menos congestión de tráfico.
   b. hay más disponibilidad de alojamiento.
   c. hay que ser más puntual.

4. Sé que el recorrido turístico que ofrece la agencia Meliá…
   a. es bueno pero creo que el que ofrece Sol y Playa es mejor.
   b. tiene un buen descuento pero quiero pagar más dinero por el mismo recorrido.
   c. es caro pero ofrece menos servicios.

5. En los hoteles aquí hay que pagar…
   a. tantos impuestos como en Alabama.
   b. menos impuestos como en Alabama.
   c. más puntualmente los impuestos.

3-22 Me sorprendió su reacción. Ursula acaba de regresar de México. Ella pasó el semestre pasado en el Instituto Mesoamericano de Cultura en Cuernavaca y ahora compara a Cuernavaca con otras ciudades del país. Parece tener una opinión muy negativa de la ciudad. Completa las oraciones con las formas superlativas. Sigue el modelo.

EJEMPLO Cuernavaca tiene una catedral muy fea.
La catedral de Cuernavaca es la más fea del país. Es feísima.

1. El costo de vida en Cuernavaca es alto.

   ____

2. Cuernavaca tiene restaurantes malos.

   ____

3. La vida nocturna de Cuernavaca es aburrida.

   ____

4. Cuernavaca tiene un transporte público lento.

   ____

5. Cuernavaca tiene el aire contaminado.

   ____

Nombre ______________________________ Fecha ______________

3-23 Promociones turísticas en los Cabos Lee la descripción de dos hoteles y compara los precios y servicios que ofrecen. Usa formas superlativas, comparaciones de igualdad y comparaciones de desigualdad.

EJEMPLO El Hotel y Spa Mar de Cortés <u>es más viejo</u> que el Hotel Fiesta Mexicana; <u>es viejísimo</u>.

> Los esperamos para la inauguración de nuestro hotel Fiesta Mexicana en Cabo San Lucas. Le ofrecemos un hotel de cinco estrellas. Un cuarto con doble cama cuesta ciento setenta y cinco dólares. El precio incluye un recorrido turístico, dos comidas diarias y cóctel de bienvenida. Tenemos dos albercas (*swming pools*), un gimnasio, tres bares y dos restaurantes. Durante la temporada de primavera ofrecemos descuentos del 25%. Estamos localizados a 500 metros de la terminal de camiones.
>
> Desde 1908 el Hotel y Spa Mar de Cortés es el lugar favorito de todos los turistas. Una habitación para dos adultos cuesta sólo ciento sesenta y cinco dólares. El precio incluye impuestos, un recorrido turístico y desayunos y un cóctel de bienvenida. Tenemos dos albercas, un gimnasio, cinco bares y tres restaurantes. Entre mayo y julio ofrecemos descuentos del 20%. Nos encontramos a dos kilómetros de la terminal de camiones.
>
> Compara los precios y servicios que ofrecen los dos hoteles.

1. ______________________________
2. ______________________________
3. ______________________________
4. ______________________________
5. ______________________________

CD1-34 **3-24 ¿Quién tiene más?** Escucha las siguientes oraciones comparando a René y a Eduardo. Decide si las oraciones son ciertas **(Sí)** o falsas **(No)**.

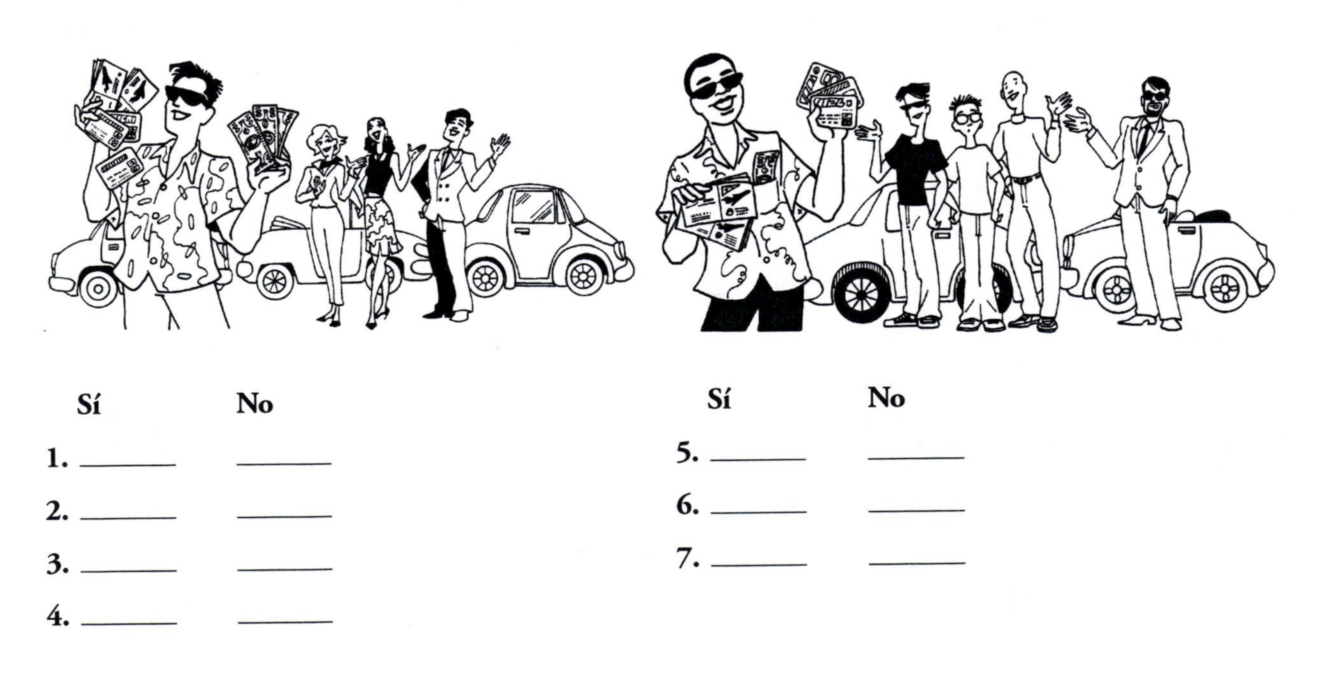

	Sí	No
1.	______	______
2.	______	______
3.	______	______
4.	______	______

	Sí	No
5.	______	______
6.	______	______
7.	______	______

Nombre ______________________ Fecha ______________

3-25 **¿Adónde ir?** Escucha la información sobre algunos lugares y compáralos para saber qué es mejor o peor.

CD1-35

EJEMPLO *Tú escuchas:* En el Distrito Federal hay contaminación y en Mérida casi nada.
Tú escribes: **En el Distrito Federal hay más contaminación que en Mérida.**

1. En Cancún hay ______________________.

2. En Cancún hay ______________________.

3. La comida de Yucatán es ______________________.

4. El clima en Yucatán es ______________________.

5. Los autobuses son ______________________.

6. Las pirámides ______________________.

7. Los recorridos turísticos ______________________.

8. El servicio en los hostales es ______________________.

Impresiones 

¡A leer! Una carta personal

Lee la siguiente carta que Ramón, un estudiante de la Universidad de California, le envía a Gloria, una amiga que vive en México. Ellos se conocieron en California donde Gloria pasó un año como estudiante extranjera de la universidad. Luego haz la actividad de la sección **Después de leer** para verificar tu comprensión de la lectura.

Estrategia: Identificando palabras por el contexto
Regresa a la página 120 en el libro de texto y repasa la sección sobre esta estrategia de lectura.

Antes de leer Lee las siguientes oraciones y trata de adivinar el significado de la palabra usando el contexto.

1. Acabo de recibir una beca de la Cámara Latina de Comercio. No es mucho dinero pero podré cubrir mis gastos básicos. ¿Qué significa la palabra **cámara de comercio?**
 a. organización encargado de promover el comercio
 b. facultad universitaria donde se estudia comercio
 c. almacén donde se puede comprar y vender

2. El director de la cámara me exige un presupuesto detallado de todos mis gastos y como no he estado antes en México no sé por dónde empezar. ¿Qué significa la palabra **presupuesto?**
 a. una cantidad de dinero que creemos que vamos a necesitar para lograr una meta *(goal)*
 b. una biografía corta de mi vida
 c. un informe sobre mis metas académicas

3. Los viernes en la noche me reúno con Pedro, Miguel y Tito y salimos a bailar. Ellos forman parte de mi pandilla. ¿Qué significa **pandilla?**
 a. miembros de un equipo de fútbol
 b. grupo de amigos
 c. los familiares

A leer Ahora lee la carta.

Una carta personal
14 de febrero, 2011

Querida Gloria,
Me dio mucho gusto recibir tu carta del pasado 1 de febrero. Como te comentaba en mi última carta, acabo de recibir una beca de la Cámara Latina de Comercio de la ciudad de Salinas. No es mucho dinero pero podré cubrir mis gastos básicos. Soy una persona sencilla y no creo que vaya a necesitar más de lo que me han dado. Te escribo para pedirte un gran favor.

El director de la cámara me exige un presupuesto detallado de todos mis gastos y como no he estado antes en México no sé por dónde empezar. ¿Me podrías dar una idea de cuánto cuesta

(continued)

Nombre ______________________________ Fecha ______________

(*continued*)

alquilar un apartamento pequeño cerca de la universidad? No quiero nada lujoso. Lo que sí necesito es tener mi baño propio y un lugar donde pueda cocinar. También necesito saber cuánto voy a gastar en transporte público, libros, comida y ropa. De antemano te agradezco cualquier información que me puedas enviar.

Por aquí todo sigue igual. Continuo con mis cuatro clases y mi trabajo de camarero en el restaurante el Torito. Los fines de semana me dedico a jugar fútbol y a visitar a mis padres. María del Mar te manda muchos saludos y te manda decir que pronto piensa visitar México y que le gustaría verte. No sé si te acuerdas de Jens, el estudiante de intercambio de la Universidad de Hamburgo, pues imagínate que acaba de casarse. Así de repente, sin consultar con nadie. Fue tremenda sorpresa para todos. No parecía ser el tipo de persona impulsiva que resultó ser.

En fin, tengo que salir corriendo. Te extrañamos muchísimo y espero que no nos hayas olvidado. Recuerda que tienes amigos aquí en California.

Un fuerte abrazo de parte de la pandilla,

Ramón

Después de leer Lee las siguientes oraciones e indica si son ciertas **(C)** o falsas **(F)**. Si la oración es falsa, corrígela.

1. Ramón se está preparando para ir de paseo a México. **C / F**

   ____

2. Él recibió ayuda económica de la universidad. **C / F**

   ____

3. El presupuesto que tiene que presentar Ramón calcula sus futuros gastos. **C / F**

   ____

4. Ramón trabaja como camarero en un restaurante. **C / F**

   ____

5. Jens estudió en la Universidad de Hamburgo. **C / F**

   ____

Nombre ______________________ Fecha ______________

¡A escribir!

El tema Imagínate que eres Gloria. Acabas de recibir una carta de Ramón, un estudiante de la Universidad de California. Tú lo conociste en California cuando pasaste un año como estudiante extranjero(a) en esa institución. Ahora tienes que escribirle una carta de respuesta. ¡Sé creativa!

El contenido Antes de completar esta actividad regresa al libro de texto y lee otra vez el primer borrador: la estructura de una carta personal. Recuerda que la carta personal es en realidad un diálogo con la persona ausente y que tiene una fecha, comienza con un saludo, expresa un propósito y termina con una despedida.

ATAJO

Functions: Writing a letter; Comparing and distinguishing; Talking about daily routines
Vocabulary: Food; House; Means of transportation
Grammar: Accents; Prepositions: **por** y **para;** Verbs: reflexive; Comparisons; Superlatives

El primer borrador Asume el papel de Gloria y escribe el borrador de una carta de respuesta a Ramón.

Revisión y redacción Ahora revisa tu borrador y haz los cambios necesarios. Asegúrate de verificar el uso del vocabulario apropiado del **Capítulo 3**, la ortografía, las conjugaciones de los verbos, las preposiciones **por** y **para**, los verbos reflexivos y recíprocos y las expresiones comparativas y superlativas.

Nombre ______________________ Fecha ______________

¡A pronunciar! Enlace

CD1-36

Para desarrollar fluidez de expresión en español es importante tratar de unir las palabras en una oración.

- Dos palabras con la misma vocal en común pueden sonar como una palabra.

¿Podría hablar con ella?	→	¿Podrí*a h*ablar con ella?
Mi pasaporte está vigente.	→	Mi pasaport*e e*stá vigente.
Este es mi historial académico.	→	Est*e e*s m*i h*istorial académico.
Aquí tengo una copia oficial.	→	Aquí teng*o u*na copi*a o*ficial.

- Una consonante y una vocal se unen con el mismo efecto.

¿Le puedo dejar un recado?	→	¿Le puedo dej*ar u*n recado?
Aquí están las ruinas y las pirámides.	→	Aqu*í e*stán las ruin*as y las* pirámides.

- La mejor práctica para enlazar palabras sin mucho esfuerzo, son las canciones. Lo siguiente es una canción folclórica llamada "Las mañanitas", que es lo que cantan en el día del santo. Trata de cantarla, pero si no sabes leer música, recítala, repitiendo las oraciones ahora. Presta atención al enlace de las palabras.

Esta*s s*on las mañanitas que cantab*a e*l rey David
Que por ser dí*a d*e tu sant*o t*e las cantamo*s a* ti
Despierta, mi bien, despierta
mira, que y*a a*maneció
Ya los pajaritos cantan,
la lun*a y*a se metió

Nombre ________________________________ Fecha ________________

Autoprueba

I. Comprensión auditiva: Dos ciudades mexicanas

CD1-37

Escucha la descripción de estas dos ciudades mexicanas y decide si las oraciones se refieren a Xochimilco o a Coyoacán.

	Xochimilco	Coyoacán
1. Es la parte más antigua de México.	________	________
2. Para llegar debes llegar por Metro a la estación Taxqueña.	________	________
3. La ciudad tiene un sistema de canales.	________	________
4. Debes tomar el autobus #140.	________	________
5. Tiene la Plaza Hidalgo.	________	________
6. Para llegar debes ir a la estación Viveros.	________	________

II. Vocabulario

Selecciona la mejor definición.

1. hospedarse
- **a.** quedarse en un lugar
- **b.** viajar a un lugar
- **c.** comer en un lugar

2. jactarse
- **a.** comer demasiado
- **b.** pensar que puede hacer algo muy bien
- **c.** sentirse aburrido

3. acoplarse
- **a.** cambiar de vivienda
- **b.** extrañar a alguien
- **c.** adaptarse

4. beca
- **a.** dinero para estudiar
- **b.** un tipo de café
- **c.** una nota en un examen

5. mudarse
- **a.** moverse
- **b.** irse a vivir a otro lugar
- **c.** quedarse en el mismo lugar

6. vagón
- **a.** parte de un carro
- **b.** parte de un autobús
- **c.** parte de un tren

7. tarifa
   a. precio
   b. boleto
   c. destino

8. regatear
   a. comprar mucho
   b. discutir el precio original
   c. comprar cosas locales

9. impuestos
   a. dinero que tienes que pagarle al gobierno
   b. algo muy grande
   c. donde venden artefactos

10. plaza
    a. un tipo de comida
    b. un tipo de tienda
    c. un tipo de espacio

III. Estructuras

A. Las preposiciones *por* y *para* Llena los espacios en blanco con **por** o **para,** para saber sobre el Desierto de los leones en México.

(1) ______________ llegar al Desierto de los leones, se puede llegar desde la ciudad de México

(2) ______________ una carretera muy bonita que pasa (3) ______________ la Villa Obregón.

Ve (4) ______________ autobús a la estación La venta. Se puede llegar (5) ______________ el camino del bosque o (6) ______________ el camino principal. (7) ______________ allí hay muchos restaurantes.

(8) ______________ mí, el Desierto de los leones es lindísimo.

B. Verbos reflexivos y recíprocos Cuando llega Carlos a estudiar a México, ¿qué hace? Escoge la mejor respuesta.

1. Mi familia mexicana ______________ a mi familia. Son tan amables.
   a. se parece
   b. parece

2. La madre ______________ que es muy tímida.
   a. se parece
   b. parece

3. Yo compré un sombrero mexicano y ______________ enseguida.
   a. me lo puse
   b. lo puse

4. ______________ el sombrero en la tienda y me quedó bien.
   a. Me probé
   b. Probé

5. Después fui a una cafetería y compré orchata. ______________ y estaba deliciosa.
   a. La probé
   b. Me la probé

Nombre ____________________ Fecha ____________

6. Por la noche __________ de mis amigos y regresé a casa.
   a. despedí
   b. me despedí

7. En mi cuarto __________ escuchando música.
   a. dormí
   b. me dormí

C. Expresiones comparativas y superlativas Estudia la siguiente información sobre los Estados Unidos, México y España y compara los tres países.

	EEUU	**México**	**España**
Población	303 millones	110 millones	40 millones
Lengua	inglés	español dialectos mayas	español, catalán gallego, euskara
Area	9.826.630 km^2	1.972.550 km^2	504.782 km^2
Alfabetización	99%	91%	97%
Esperanza de vida	81 años (mujeres)	78 años (mujeres)	83 años (mujeres)

1. Compara la población de México y los EEUU.

   ____

2. Compara las lenguas de España, los EEUU y México.

   ____

3. Compara el área de México y España.

   ____

4. Compara el área de México, España y los EEUU.

   ____

5. Compara la esperanza de vida de las mujeres en los tres países.

   ____

6. Compara el nivel de alfabetización de EEUU y España.

   ____

IV. Cultura

¿Qué aprendimos de México en este capítulo? Lee las siguientes oraciones y decide si son ciertas **(C)** o falsas **(F)**.

1. Todos los autobuses de México son muy lentos, y desafortunadamente, costosos. **C / F**
2. El Metro en México es uno de los más grandes de Latinoamérica. **C / F**
3. En general, la mayoría de los estudiantes mexicanos vive en casas y departamentos cerca de la universidad, no en la propia universidad. **C / F**
4. La colegiatura para entrar a la Universidad en México es muy cara. El gobierno no ayuda. **C / F**

Nombre ______________________________ Fecha ______________

Capítulo 4 El ocio

Vocabulario I El ocio

4-1 Hay que salir de la rutina. Te sientes un poco aburrido(a) a causa de tu rutina diaria y estás buscando una actividad nueva que al mismo tiempo sea interesante. Un amigo te mandó una serie de anuncios publicitarios de revistas pero los recortes *(clippings)* no tienen el nombre del deporte. Empareja la actividad abajo con la descripción correspondiente.

paracaidismo surfing con cometa exploración de cuevas escalar rocas tablavela

1. En este curso usted aprenderá los diferentes tipos de nudos *(knots)*, cómo ascender verticalmente y cómo manejar el equipo necesario para descender una pared natural de una altura de 250 metros entre muchas otras cosas. ______________
2. Descubra el fascinante mundo subterráneo y aprenda a explorar las cavernas. La espeleología estudia todo lo relacionado con cavidades bajo tierra. ______________
3. En este curso de tres días usted podrá aprender todas las técnicas necesarias para combinar su interés por el mar y por el vuelo. Este deporte llamado en inglés "kite surfing" se está convirtiendo en uno de los deportes más espectaculares del momento. ______________
4. Para pasarla de maravilla sólo se necesita una tabla grande, una vela pequeña, un poco de viento, un sitio con agua sin olas y el deseo de aprender. Nuestro club acuático ofrece cursos para jóvenes a precios muy bajos. ______________
5. Si alguna vez ha querido saltar desde un avión y saber lo que se siente en una caída libre, le recomendamos nuestros cursos de verano. Puede inscribirse en el aeropuerto de Opalaka. ______________

4-2 ¿Dónde está el impostor? Identifica la palabra que no corresponde en las siguientes series de palabras y explica por qué.

EJEMPLO atletismo / surfing con cometa / tablavela / navegar a vela
Atletismo porque no es una actividad acuática.

1. ajedrez / damas / cartas / atletismo

____

2. póker / veintiuna / backgammon / cartas

____

3. liga / torneo / espectáculo / ajedrez

____

4. bolera / boliche / tumbar los bolos / estrategia

____

5. barajar / practicar paracaidismo / practicar tablavela / navegar vela

____

4-3 Algunos consejos No nos podemos escapar de las personas que siempre nos quieren mandar. Lee las siguientes oraciones y complétalas con la forma apropiada del verbo de la siguiente lista.

repartir barajar apuntar apostar lograr entretenerse

Si juegas a las cartas...

1. ¿Por qué no ______________ las cartas con cuidado?
2. ¿Por qué no ______________ las cartas a tus compañeros de juego?
3. ¿Por qué no ______________ un poco más de dinero?

Si vas al boliche...

4. ¿Qué te pasa? ¿Por qué no ______________ bien la bola?
5. Tú eres muy bueno. ¿Por qué no ______________ ganarle a tu amigo?
6. ¿A qué vinimos aquí si no a ______________ un rato?

CD2-2

4-4 ¿Qué preferiría? Escucha la descripción de cada persona y decide qué tipo de entretenimiento preferiría.

1. ______________
   - **a.** volar una cometa
   - **b.** jugar al boliche
   - **c.** una exposición de arte
2. ______________
   - **a.** ir a jugar a las cartas y apostar
   - **b.** jugar a las damas
   - **c.** ir a una discoteca
3. ______________
   - **a.** jugar a veintiuna
   - **b.** jugar al ajedrez
   - **c.** explorar cuevas
4. ______________
   - **a.** jugar videojuegos
   - **b.** escuchar un recital de opera
   - **c.** correr todos los días
5. ______________
   - **a.** hacer atletismo
   - **b.** hacer crucigramas
   - **c.** hacer un deporte extremo

CD2-3

4-5 Un club atlético Escucha la descripción de este club atlético y escribe las actividades que hay para cada tipo de persona.

Muy activo: ____

____

Activo con moderación: ____

____

Muy pasivo: ____

____

Nombre ______________________ Fecha ______________

Estructura y uso I El subjuntivo en cláusulas sustantivas

4-6 **Consejos para nuestros amigos que nos visitan** En tu habitación encuentras una tarjeta con algunas recomendaciones para los turistas que se están hospedando en el Hotel Habana Libre.

Le aconsejamos que se (1) ____________ (levanta / levante) temprano y (2) ____________ (empiece / empieza) el día con una buena caminata por el Malecón. Después de una merecida *(deserved)* ducha y masaje, le recomendamos que (3) ____________ (come / coma) en el restaurante La Varanda del Hotel Nacional. Para estar bien informado le sugerimos que (4) ____________ (va a ir / vaya) a la oficina de Infotur en la Habana Vieja. Le recomendamos que (5) ____________ (obtenga / obtiene) mapas y todo tipo de información sobre La Habana. Allí le darán información fiable *(reliable)*. Nosotros (6) ____________ (estamos / estemos) aquí para servirlo.

4-7 **¡Hay que tener cuidado!** Conocer el Caribe es fascinante, pero no debes olvidar que estás en una cultura diferente y que desconoces los hábitos y las costumbres de la gente del lugar. Antes de salir de tu hotel para visitar una nueva ciudad, asegúrate de seguir las siguientes reglas que encuentras en el folleto del hotel.

Le sugerimos que...

1. no / llevar / dinero en efectivo ______________________
2. no / sacar / fotos de personas sin antes pedirles permiso
____
3. no / impacientarse / con los vendedores ambulantes
____
4. no / cruzar / las calles sin antes mirar con cuidado el tráfico a su alrededor
____
5. no / salir / solo(a) de noche ______________________

4-8 **¿Qué opinas?** Una compañía de encuestas llama a Raúl para saber su opinión sobre algunos aspectos de los deportes. Llena los espacios con la forma correcta del verbo en paréntesis. Recuerda que debes escoger entre la forma correcta del indicativo o del subjuntivo.

ENCUESTADOR: ¿Cree usted que el gobierno federal deba dar subsidios a atletas olímpicos?

RAÚL: No, es malo que el gobierno (1) ____________ (apoyar) con subsidios a los atletas.

ENCUESTADOR: ¿Debemos permitir la participación de países que estén en guerra *(war)* en los juegos olímpicos?

RAÚL: No, es importante que todos los países (2) ____________ (apostar) por la paz y la cooperación y si están en guerra no deben participar.

ENCUESTADOR: ¿Se deben incluir los deportes extremos en los juegos olímpicos?

RAÚL: Sí, es posible que (3) ____________ (crear) más interés en los juegos.

ENCUESTADOR: ¿Cree usted que le prestamos demasiada atención a los campeones y poca a los otros atletas?

RAÚL: Claro que sí. Es raro que se (4) ____________ (mencionar) el nombre de la persona que llegó en cuarto o quinto lugar.

ENCUESTADOR: ¿Cree usted que se debe incrementar la vigilancia en contra del uso de las drogas entre los atletas?

RAÚL: Seguro que sí. Es triste que los jóvenes (5) ____________ (ver) a los atletas que usan drogas como modelos a emular.

CD2-4 **4-9 ¿Qué está pasando?** Escucha las posibilidades de lo que está pasando en el dibujo y di tu opinión.

1. Es posible que el espejo ______________________.
2. Es probable que él ______________________.
3. Quizás ______________________.
4. Dudo que ______________________.
5. Tal vez ______________________.
6. Espero que ______________________.

CD2-5 **4-10 Un problema** Escucha el problema que tiene la persona en el dibujo. Está escalando una roca, pero ahora no puede subir ni bajar. ¿Qué puede hacer?

1. Es mejor que ______________________.
2. Es increíble que ______________________.
3. Dudo que ______________________.
4. Es imposible que ______________________.
5. No creo que ______________________.

Nombre ______________________________ Fecha ______________

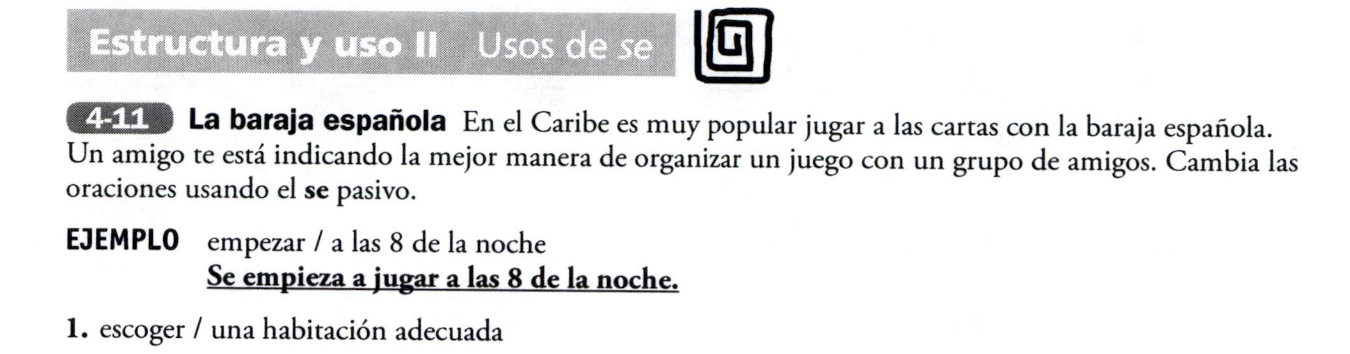

Estructura y uso II Usos de se

4-11 La baraja española En el Caribe es muy popular jugar a las cartas con la baraja española. Un amigo te está indicando la mejor manera de organizar un juego con un grupo de amigos. Cambia las oraciones usando el **se** pasivo.

EJEMPLO empezar / a las 8 de la noche
Se empieza a jugar a las 8 de la noche.

1. escoger / una habitación adecuada

____

2. preparar / la mesa de juego

____

3. abrir / la baraja

____

4. barajar / las cartas

____

5. repartir / las cartas

____

6. iniciar / el juego

____

7. prestar atención / a lo que hacen los demás

____

8. establecer / la hora para terminar el juego

____

4-12 ¿Qué se hace normalmente en estos casos? A continuación vas a leer una serie de recomendaciones que un guía turístico te da sobre lo que debes hacer en el Hotel Paraíso de Varadero. Cambia las oraciones usando el **se** impersonal.

EJEMPLO Tome un autobús en el aeropuerto que lo lleva a Varadero.
Se toma el autobús.

1. Regístrese en el Hotel Paraíso.

____

2. Lea el tablero de entretenimientos.

____

3. Explore las cuevas submarinas.

____

4. Practique tablavela.

______

5. Vaya al centro de paracaidismo.

______

6. Haga una reservación para el día siguiente.

______

7. Disfrute del paracaidismo.

______

8. Entregue la llave de su cuarto.

______

4-13 Me levanté con el pie izquierdo. Concepción habla con su amiga sobre su visita a un casino en San Juan, Puerto Rico. Cambia las oraciones usando el **se** accidental.

NIEVES: ¿Cómo te fue por el casino?

CONCEPCIÓN: No muy bien. Fui a jugar cartas y al empezar (1) ______ (caer / cartas) al suelo.

NIEVES: ¡Qué vergüenza!

CONCEPCIÓN: Eso no es todo. El primer día (2) ______ (acabar / dinero) para apostar.

NIEVES: ¿Qué hiciste?

CONCEPCIÓN: Imagínate, voy a sacar dinero de un cajero automático. Sin embargo, no puedo sacar nada porque (3) ______ (olvidar / clave) de mi cuenta. Subo a mi cuarto, pongo la llave que no es en la puerta y (4) ______ (romper / llave).

NIEVES: ¡Qué mala suerte!

CONCEPCIÓN: Y eso no es todo. Me meto al carro, lo prendo y quiero salir de allí lo más pronto posible pero (5) ______ (descomponer / carro).

NIEVES: ¡Hay que tener paciencia! Mejores días vendrán.

CD2-6

4-14 El dominó Escucha cómo se juega al dominó y haz una lista de lo que se hace. No olvides usar el **se** impersonal según sea apropiado.

1. ______ los dobles primero.
2. ______ los números altos temprano.
3. ______ qué números los otros no tienen.
4. ______ qué fichas tiene tu oponente.
5. ______ los números que ya salieron.

Nombre ______________________________ Fecha ______________

4-15 **¡Cinco hijos!** El cantante puertorriqueño Mark Anthony tiene cinco hijos: Adrianna, Christian, Ryan, Emme y Max. Siempre pasa algo con uno de ellos. Cambia las oraciones que escuchas a la construcción de un evento no planeado.

CD2-7

EJEMPLO Christian dijo que su carrito de control remoto estaba descompuesto.
(descomponer) **Se le descompuso su carrito de control remoto.**

1. (caer) ______________________________ la pelota.
2. (perder) ______________________________ sus guitarras de juguete.
3. (acabar) "______________________________ las bolas de tenis."
4. (quedar) "______________________________ los boletos en la casa."
5. (romper) ______________________________ la cuerda *(string)* de la guitarra.

Nombre ______________________________ Fecha ______________

Vocabulario II La cocina

4-16 Fiesta caribeña Estás organizando una fiesta de carnaval y quieres crear un ambiente caribeño. Encontraste unas recetas en un libro de cocina español pero no estás seguro(a) del significado de algunas palabras y le pides a una compañera que te explique el significado. Empareja las palabras de la columna A con las descripciones de la columna B.

A

1. _______ dientes de ajo
2. _______ un mortero
3. _______ un sartén
4. _______ canela
5. _______ pizca
6. _______ yema

B

a. utensilio de piedra, madera o metal que se usa para machacar especias *(spices)* o semillas *(seeds)*
b. utensilio de cocina con mango *(handle)* largo que se usa para freír
c. un bulbo blanco, redondo de olor fuerte que se usa como condimento
d. especia de color rojo amarillento y de olor muy aromático y sabor agradable
e. porción muy pequeña de algo
f. porción amarilla de un huevo de gallina

4-17 Clase de cocina para principiantes Vas a pasar unas vacaciones en el Hotel Plaza Colonial en Santo Domingo. En tu cuarto del hotel encuentras un anuncio sobre una clase de cocina para principiantes que un instituto culinario está ofreciendo. Lee la descripción y llena los espacios con la palabra apropiada.

adobar batir hervir la parrilla trozos

Usted aprenderá cómo cortar carnes y legumbres en pequeños (1) ______________ y las diferentes maneras de (2) ______________ todo tipo de carnes, o sea, cómo usar las diferentes especias *(spices)* para darle un sabor auténtico caribeño. Además aprenderá cómo (3) ______________ huevos para creer delicados merengues, cómo (4) ______________ las legumbres para conservar sus vitaminas y finalmente cómo asar carne a (5) ______________.

4-18 Una cena caribeña Tu compañera de cuarto está preparando un plato caribeño. La receta está en español y ella no sabe el significado de algunas palabras que aparecen en la receta. Da una definición de las siguientes palabras.

EJEMPLO **Chicharrón es la piel del cierdo freída en manteca.**

1. chicharrón

____

2. enfriar

____

3. picar

____

4. agrio

____

Nombre ______________________ Fecha ______________

5. olla

____

6. remojar

____

7. sazonar

____

8. adobar

____

CD2-8

4-19 Piñón, la lasaña puertorriqueña En un programa de televisión explican cómo hacer este delicioso plato. Escucha y escoge la mejor respuesta.

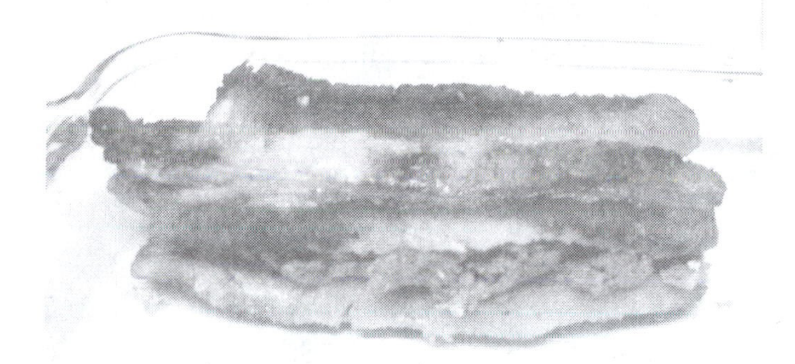

1. Para hacer piñon se necesitan ______________.
   a. plátanos verdes
   b. plátanos maduros
2. Los plátanos ______________.
   a. se adoban
   b. se fríen
3. La carne ______________.
   a. se adoba
   b. se enfría
4. A la carne se le añade ______________.
   a. ajo y cebolla
   b. canela y aceite de oliva
5. Los huevos ______________.
   a. se baten
   b. se fríen
6. Al final ______________.
   a. se vierten los huevos batidos
   b. se cubre con queso

CD2-9

4-20 La receta de la semana Escucha esta receta para arroz con leche que anuncian por la radio y selecciona el verbo que expresa mejor lo que tienes que hacer con los ingredientes.

1. agua	a. hervir	b. enfriar	c. descartar
2. arroz	a. sazonar	b. cocinar	c. remojar
3. sal	a. quitar	b. echar	c. machacar
4. leche	a. hervir	b. cortar	c. agregar
5. azúcar	a. derretir	b. agregar	c. escurrir
6. arroz con leche	a. calentar	b. cocinar	c. enfriar
7. canela	a. agregar	b. decorar	c. batir

Nombre ______________________________ Fecha ______________

Estructura y uso III La voz pasiva

4-21 Se me olvidó algo. Te encuentras muy nervioso(a) porque has invitado a unos amigos a cenar a tu casa y quieres asegurarte de que todo esté listo. A continuación tienes una serie de preguntas que le haces a tu compañero(a) de casa. Lee lo que dice y selecciona la respuesta apropiada.

1. —¿Lavaste los platos?

—Ya ________. **a.** son lavados **b.** están lavados

2. —¿Preparaste las bebidas?

—Las bebidas ________ por Juan. **a.** fueron preparadas **b.** están preparadas

3. —¿Invitaste a los vecinos?

—Los vecinos ________ por Marta. **a.** fueron invitados **b.** están invitados

4. —¿Hiciste la ensalada?

—Ya ________. **a.** es hecha **b.** está hecha

5. —¿Pusiste los vasos sobre la mesa?

—Ya ________. **a.** fueron puestos **b.** están puestos

4-22 Una olla común La semana pasada fuimos a la playa con un grupo de compañeros de la universidad. Para divertirnos un poco decidimos preparar un plato de mariscos estilo puertorriqueño. Cada uno de nosotros contribuyó con algo. Completa las siguientes oraciones con la forma apropiada de la voz pasiva.

1. Manuel lavó los mariscos.

Los mariscos ____

2. Teresita y Josué cortaron la cebolla y el ajo.

La cebolla y el ajo ____

3. Martín preparó el arroz.

El arroz ____

4. Claudia condimentó el asopao *(rice gumbo).*

El asopao ____

5. Finalmente, Marco Antonio le sirvió el platillo.

Finalmente, el platillo ____

4-23 ¿Quién fué? Contesta las preguntas usando el participio pasado.

EJEMPLO ¿Quién preparó el pastel? (Rogelio)
El pastel fue preparado por Rogelio.

1. ¿Quién adobó la carne? (Manuel)

____

2. ¿Quién sazonó el pescado? (Eduardo y Evangelina)

____

3. ¿Quién remojó la lechuga? (el asistente del cocinero)

____

4. ¿Quién picó la cebolla? (los hermanos de Roca)

____

5. ¿Quién tostó la yuca? (el cocinero)

____

6. ¿Quién mezcló los ingredientes? (el ayudante)

____

CD2-10

4-24 ¿Quién hizo todo esto posible? Escucha lo que hicieron estas personas para hacer de la cena un éxito, y cámbialo a la forma pasiva.

EJEMPLO *Tú escuchas:* Jorge decoró la mesa.
Tú escribes: La mesa **fue decorada por** Jorge.

1. La comida ______________________ mis padres.
2. La comida ______________________ el restaurante El gallo.
3. El brindis ______________________ mi padre.
4. Las flores ______________________ Nereida.
5. Las mesas ______________________ los niños.

CD2-11

4-25 Un restaurante cubano El restaurante La cocina de Lilliam es uno de los restaurantes más elegantes de toda Cuba. En el día de la visita de un dignatario importante, el chef le hace preguntas a todos en la cocina. Contesta que ya está hecho.

EJEMPLO *Tú escuchas:* ¿Pusiste las mesas?
Tú escribes: Sí, ya **están puestas**.

1. Sí, ya ______________________.
2. Sí, ya ______________________.
3. Sí, ya ______________________.
4. Sí, ya ______________________.
5. Sí, ya ______________________.
6. Si, ya ______________________.
7. Si, ya ______________________.
8. Si, ya ______________________.

Nombre ______________________________ Fecha ______________

¡A leer! Guía de restaurante

Lee el siguiente artículo sobre el restaurante Mi tierra en San Juan, Puerto Rico, y luego haz la actividad de la sección **Después de leer** para verificar tu comprensión de la lectura.

Estrategia: Reconociendo la función de un texto
Cuando el lector sabe sobre el propósito del autor al escribir un texto, le queda más fácil entenderlo.

Antes de leer Lee rápidamente el siguiente artículo e identifica la función (evaluar, recomendar, informar, describir).

____

____

A leer Ahora lee el artículo con cuidado e identifica las funciones que cada párrafo tienen en la lectura.

Nombre: Mi tierra
Dirección: 307 Recinto Norte, Viejo San Juan
Teléfono: 787-612-6203
Cierra: Domingos
Precio: $30–$80

Enrique Malpaso, el chef y propietario *(owner)* del restaurante Mi tierra, ha creado para el conocedor de la buena comida un lugar sin rival en nuestra ciudad. Su éxito consiste en crear platos inspirados en la riqueza culinaria de nuestro país y en no tener miedo a experimentar con nuevos ingredientes y técnicas de cocina. Su atención personal a los mínimos detalles y sus muchos años de experiencia en el arte gastronómico hacen de este restaurante uno de los mejores en la isla.

Para cenar en Mi tierra le recomendamos que haga reservaciones de antemano *(beforehand)*. El buen nombre del restaurante ha atraído a una numerosa clientela leal que parece comer allí cada noche. Si no tiene reservaciones y no le molesta esperar, el restaurante ofrece un excelente servicio de bar. El lugar es conocido por sus piñas coladas, mojitos cubanos, margaritas y martinis.

El ambiente es rústico y atractivo. La entrada, el bar y los salones de comedor están separados por paredes de madera *(wood)*. Además de un comedor principal, el local ofrece cabinas y espacios privados para cenas íntimas.

Para aquellas personas que no conozcan la comida local le recomendamos que empiecen con el Arroz Pegao con atún picado picante y cebolla (US$14). Este entremés consiste de un estrato de arroz crujiente *(crackling)* que se cubre con trozos de atún, cebolla y mayonesa y es muy sabroso. Como plato principal puede probar la especialidad de la casa, filete de pescado con ron *(rum)* y salsa de tomate. Este plato se prepara con una reducción de ron, chardonnay, canela y tomate. Todos los platos vienen con ensalada, legumbres y sopa. Para los amantes de lo dulce hay una gran variedad de postres. Mi favorito es el tembleque *(pudding)*, el cual está hecho de leche de coco y maicena *(cornstarch)*.

Los meseros son muy amables y están muy bien informados, así que no dude en pedir explicaciones o recomendaciones. Este restaurante merece la buena reputación que tiene y está al alcance *(within the reach)* de cualquier presupuesto *(budget)*.

Nombre ______________________________ Fecha ______________

Después de leer Lee las siguientes oraciones e indica si son ciertas **(C)** o falsas **(F)**. Si la oración es falsa, corrígela.

1. El restaurante Mi tierra está abierto de lunes a domingo. **C / F**

   ____

2. El éxito del restaurante consiste en el número de platos que preparan. **C / F**

   ____

3. El restaurante ha tenido éxito por la experiencia del chef y propietario, sus habilidades como cocinero y su atención por detalles. **C / F**

   ____

4. Se necesita hacer reservaciones porque el restaurante tiene un bar muy pequeño y muy popular. **C / F**

   ____

5. Normalmente empezamos la cena con el tembleque y pasamos a comer el Arroz Pegao para terminar con el pescado con ron. **C / F**

   ____

¡A escribir! La reseña de un restaurante local

El tema La asociación de estudiantes de tu universidad quiere incluir en su página web una reseña de los mejores restaurantes de la comunidad. Escoge tu restaurante favorito y escribe una reseña.

El contenido Antes de completar esta actividad regresa al libro de texto y lee otra vez el primer borrador: la estructura de una reseña. Luego, haz una lista de los restaurantes que conoces bien y selecciona el que vas a usar para tu composición. No te olvides anotar algunos detalles sobre este restaurante.

ATAJO

Functions: Describing; Talking about food; Writing an introduction; Writing a conclusion
Vocabulary: Food
Grammar: Adjectives: agreement, position; Verbs: passive, passive with **se**, subjunctive

El primer borrador Basándote en la información de **El contenido,** escribe en un papel el primer borrador de tu reseña.

Revisión y redacción Ahora, revisa tu borrador y haz los cambios necesarios. Asegúrate de verificar el uso del vocabulario apropiado del **Capítulo 4,** la voz pasiva, el subjuntivo y la concordancia. Cuando termines, entrégale a tu profesor(a) la versión final de tu composición.

Nombre ______________________ Fecha ____________

¡A pronunciar! Las consonantes "r" y "s"

CD2-12

El sonido de las consonantes **"r"** y **"rr"** son sonidos que no existen en inglés. En muchos países donde se habla español se pronuncian así: "rápido", "carro". En Puerto Rico, un país que estudiamos en este capítulo, la "r" se pronuncia un poco más suave, como "rápido" y "carro".

- Repite lo siguiente imitando las voces que oyes.

Puerto Rico	**Otros países**
recital	recital
jugar	jugar
remar	remar
dardos	dardos

- La **"s"** en muchos países como Puerto Rico, República Dominicana y Cuba se aspira cuando está en el medio de la palabra o al final. Por ejemplo:

El Caribe	**Otros países**
España	España
usted	usted
las cartas	las cartas
los aficionados	los aficionados

- Repite las siguientes oraciones imitando la voz que oyes.

  Ricardo debe remojar los rábanos.
  ¿Qué prefieres, remar o jugar a los dardos?
  Los plátanos están verdes.
  Debes sazonar con sal y pimienta.

- Trata de repetir el siguiente trabalenguas.

  "R" con "r" cigarro
  "R" con "r" carril
  Rápido corren los carros por la carretera del ferrocarril.

Nombre ______________________ Fecha ______________

Autoprueba

I. Comprensión auditiva

CD2-13

Escucha la conversación entre dos hombres, Miguel y Carlos, y decide si las oraciones son ciertas **(C)** o falsas **(F)**.

1. Miguel compró un viaje a Puerto Rico. **C / F**
2. Miguel va a visitar a Carlos. **C / F**
3. Carlos le recomienda que vaya a surfear. **C / F**
4. Carlos puede cocinar enchiladas muy bien. **C / F**
5. Carlos le recomienda a Miguel que coma tostones. **C / F**

II. Vocabulario

¿Qué le recomiendas a cada tipo de persona?

1. Le gusta ganar. Entonces le gusta ______.
- **a.** competir
- **b.** volar una cometa

2. Le gusta hacer cosas que requieren mucha energía. Entonces le gusta ______.
- **a.** escalar
- **b.** jugar videojuegos

3. Le gustan los juegos de mesa. Entonces le gusta ______.
- **a.** jugar a las damas
- **b.** jugar al boliche

4. Es muy inteligente y prefiere quedarse en casa. Entonces le gusta ______.
- **a.** jugar al ajedrez
- **b.** practicar tablavela

5. Prefiere la comida vegetariana. Entonces posiblemente le guste(n) ______.
- **a.** los chicharrones
- **b.** el ajo

6. Quiere comer cosas saludables. Entonces prefiere ______.
- **a.** el tocino
- **b.** evitar las comidas muy picantes

7. No tiene una sartén. Entonces no puede freír ______.
- **a.** canela
- **b.** un mortero

8. El refrigerador no funciona. Entonces no puede ______.
- **a.** hervir su comida
- **b.** enfriar su comida

Nombre ______________________________ Fecha ______________

III. Estructuras

A. ¿Qué le gusta a mi abuela? Llena los espacios en blanco con la forma apropiada del subjuntivo o indicativo para saber qué le dice su abuela.

Hay alimentos que son excelentes para la salud. Mi abuela siempre insiste en que (yo) (1) ____________ (comer) ajo porque es un antibiótico. Quiere que (2) ____________ (ponerle) ajo a todo tipo de comida para sazonarla. A mí me gusta, pero mi padre se opone a que (3) ____________ (decirle) cómo cocinar. Mi abuela también insiste que mis padres (4) ____________ (freír) la comida en aceite de oliva porque es más saludable. Estoy segura que ella (5) ____________ (tener) razón, pero yo me opongo a (6) ____________ (comer) cosas fritas. A mi abuela le encanta la comida del Caribe, especialmente recomienda que (7) ____________ (asar) los plátanos maduros y (8) ____________ (ponerle) almíbar *(syrup)* encima. Espero que a ti (9) ____________ (gustarle) la comida caribeña.

B. ¿Qué se hace? Contesta las preguntas de esta persona que no sabe qué hacer con los ingredientes. Usa una construcción con **se.**

1. ¿Qué se hace con los huevos? (batir)

____

2. ¿Qué se hace con la sal? (agregarle)

____ a los huevos.

3. ¿Qué se hace con los huevos? (freír)

____ en la sartén.

4. ¿Qué se hace con todo el plato? (arreglar)

____ todo bien.

5. ¿Qué se hace al final? (comer)

____ frío.

C. Clases de cocina Doña Carmen Aboy de Valldejuli es la Julia Childs de Puerto Rico. Hoy, nada les sale bien a sus estudiantes. ¿Qué pasa hoy en sus clases de cocina?

EJEMPLO Mario, ¿no tienes suficiente leche? (acabar / leche)
¡No, me acabó la leche!

1. Juan, ¿por qué hay vidrio en el piso? (caer / botella de vino)

____

2. Julia, ¿por qué estas limpiando la mesa? (perder / salsa de tomate)

____

3. ¿Se secaron las habichuelas? ¿Por qué no les añadieron más agua? (no ocurrir / añadir)

____

4. ¿Por qué ustedes no tienen platos? (romper / platos)

____

5. Marga, no tenemos azúcar. ¿Qué pasó? (acabar / azúcar)

____

6. Nestor, ¿dónde está la receta que debías traer? (quedar /casa)

____

7. Mari y Tito, el plato les quedó soso *(bland)*. ¿Por qué no le pusieron sal? (olvidar / poner la sal)

____

D. ¿Qué has hecho? Estás siguiendo una receta con un amigo. Responde a lo que dice con la voz pasiva.

1. Tenemos que añadirle la sal.

____

2. Tenemos que batir los huevos.

____

3. Tenemos que cortar los plátanos.

____

4. Tenemos que hervir el agua.

____

5. Tenemos que poner la mesa.

____

6. Tenemos que sazonar la carne.

____

IV. Cultura

¿Qué sabes del Caribe? Selecciona la mejor respuesta.

1. Uno de los deportes más populares de Puerto Rico, República Dominicana y Cuba es _______.
   a. el fútbol
   b. el béisbol
   c. el paracaidismo

2. Es costumbre para los hispanohablantes _______.
   a. llegar tarde al trabajo.
   b. llegar tarde a eventos sociales.
   c. llegar tarde a la escuela.

3. La mayoría del mundo funciona en tiempo _______.
   a. policrónico
   b. monocrónico

4. Una comida típica de Puerto Rico, República Dominicana y Cuba es ______.
   a. los plátanos
   b. las papas
   c. las enchiladas

5. La comida tradicional de Puerto Rico viene de los indios taínos, los españoles y ______.
   a. las mayas
   b. los africanos
   c. los ingleses

Nombre ____________________ Fecha ____________

Capítulo 5 La imagen

Vocabulario I La apariencia física y el carácter

5-1 Una comedia familiar Un grupo de estudiantes de drama está tratando de escribir una comedia basada en la idiosincrasia de una familia española extravagante. A continuación tienes las ideas de uno de los estudiantes. Completa las siguientes oraciones con la palabra apropiada de la siguiente lista.

pequeño de estatura calvo audaz vanidosa autoestima

La historia está basada en una familia española contemporánea con todo tipo de problemas. El hijo mayor es una persona insegura y tímida, en pocas palabras le falta (1) ____________. La hija es bonita pero se preocupa demasiado por su apariencia física y es un poco (2) ____________. El hijo menor que sólo tiene 13 años proyecta una imagen de persona segura de sí misma; es (3) ____________, además de ser muy inteligente. El padre tiene unos cincuenta años y mide cinco pies, es (4) ____________ y totalmente (5) ____________ —no tiene ni un pelo en la cabeza.

5-2 ¿Cuál será la palabra apropiada? Como parte de la solicitud para una beca te piden que escribas una descripción personal en español. Un amigo te sugirió que incluyeras ciertas palabras pero no estás seguro de su significado. Empareja la palabra de la lista con su definición y haz los cambios necesarios.

apasionado	atrevido	educado	sensato
terco	cicatriz	sinvergüenza	valiente

1. Una persona prudente y de buen juicio es una persona ____________.
2. Una persona que tiene gran interés por un tema se le puede describir como ____________.
3. Una persona que es capaz de asumir riesgos *(risks)* se le puede describir como ____________.
4. Una persona obstinada y poco flexible es una persona ____________.
5. Una persona que sabe cómo comportarse, que tiene buenos modales, es una persona bien ____________.
6. Una persona fuerte con mucho valor es una persona ____________.
7. Una alteración de la piel que queda después de un accidente es ____________.
8. Una persona que comete actos ilegales en provecho propio *(for their own benefit)* es un ____________.

Nombre ________________________ Fecha ____________

5-3 Acabo de conocer a una persona encantadora. Tú le estás describiendo a un amigo a una persona que acabas de conocer. A veces él no te entiende y tienes que explicarle de otra manera lo que tú quieres decir. Da una explicación o definición de la palabra en negrita (*boldface*).

1. —Acabo de conocer a la hermana de Francisco. ¡Qué chica!

   —¿Cómo es?

   —Pues mira. Tiene pelo negro **rizado,** es decir ____________.
2. —Tiene **buen aspecto,** es decir ____________.
3. —Tiene **facciones** delicadas, es decir ____________.
4. —Además, parece tener muy buen **genio,** es decir ____________.
5. —Y eso no es todo. Es muy **cariñosa,** es decir ____________.
6. —No le creas a Francisco cuando dice que su hermana es muy **patosa,** es decir ____________.
7. —Parece ser una persona muy **sensata,** es decir ____________.
8. —Ella me dijo que quiere ser más **audaz,** es decir ____________.

CD2-14

5-4 Mis compañeros de piso Escucha la conversación que tiene Leslie con su madre en los Estados Unidos sobre sus compañeros de piso: Marta, Juan y Pilar. Escribe **M** (Marta), **J** (Juan) o **P** (Pilar) al lado del adjetivo que mejor describe cada persona. Algunas palabras de la lista pueden tener varias respuestas.

1. juguetón ____________
2. poco atrevido ____________
3. buen genio ____________
4. buena autoestima ____________
5. mimado ____________
6. quisquilloso ____________
7. calvo ____________
8. pelo lacio ____________
9. apasionada ____________
10. cariñosa ____________

CD2-15

5-5 Figuras famosas Escucha la descripción de estos españoles famosos y escribe el adjetivo requerido bajo su nombre.

Francisco Franco no era	El Príncipe Felipe no es	Paz Vega no es
____________	____________	____________
____________	____________	____________
____________	____________	____________
____________	____________	____________

Nombre ______________________________ Fecha ______________

Estructura y uso I Pronombres de objeto directo

5-6 La visita a un consultorio de un amigo Un amigo de la familia es cirujano plástico y tú fuiste a verlo. Escoge la respuesta apropiada para cada pregunta.

1. ¿Me llamaste para pedir una cita?
  a. No, no te llamé.
  b. No, no me llamé.
  c. Sí, nos llamamos.

2. ¿Trajiste tu tarjeta de seguro médico?
  a. Sí, la traje.
  b. No, no lo traje.
  c. Sí, aquí las tengo.

3. ¿Tienes los documentos que te pedí?
  a. Sí, aquí la tengo.
  b. No, no lo tengo.
  c. Naturalmente, aquí los tengo.

4. ¿Contestaste todas las preguntas en el formulario?
  a. Claro, las contesté todas.
  b. Sí, los contesté.
  c. No, no la contesté.

5. ¿Compraste las medicinas que te receté?
  a. Sí, la compré todas.
  b. No, no las pude comprar.
  c. No, no la compré.

5-7 Un episodio de depresión Un compañero de clase está pasando por un período difícil en su vida y se siente un poco deprimido. Lee sus comentarios y completa el espacio con el pronombre de objeto directo apropiado.

Yo visito con frecuencia a mis amigos, pero ellos casi nunca (1) ______________ visitan a mí. Marco, por ejemplo, sólo me visita cuando necesita que le preste dinero. En cambio yo (2) ______________ visito con frecuencia. Karina y Sonia, mis amigas de la infancia, (yo) no (3) ______________ puedo comprender. Ya tienen otros intereses y amistades. (4) ______________ quiero mucho a los dos, pero no les perdono su falta de lealtad. A veces pienso que nadie (5) ______________ comprende.

5-8 ¿A qué se refiere? Identifica a quién o a qué se refiere cada pronombre. Hay que tener en cuenta el sentido de la oración. Además, incluye el artículo que corresponde.

cicatriz arrugas hijos de Manuel carta ojos pelo Pedro hermanos

1. Valentina **lo** tiene muy lacio. ______________________

2. **Las** eliminaron con el tratamiento de botox. Ahora se ve más joven. ______________________

3. **Los** tiene más claros ahora. Antes eran verdes. ______________________

4. ¿Cuándo **lo** viste? Hace tiempo que no viene por aquí. ______________________

5. **¿Los** conociste el lunes pasado? Son unos niños encantadores. ______________

6. Tuvo un accidente y desde entonces **la** tiene. Creo que le cambia la cara. ______________

7. ¿Le mandaste la carta al quisquilloso de Manuel? No, no se **la** he mandado. ______________

8. Mis hermanos ya no le hablan a Maricarmen. Para decir verdad, yo **los** comprendo. ______________

5-9 La familia real y la apariencia Contesta las siguientes preguntas usando los pronombres de objeto directo.

1. —¿Conoces la historia de Letizia la esposa del Príncipe Felipe?

   —No, ______________________________

2. —Hombre, ella es una persona muy admirada. ¿Sabes por qué?

   —Pues no, ______________________________

3. —Es una mujer muy lista además de tener muy buen aspecto. ¿Viste la biografía que TV española presentó anoche sobre ella?

   —No, ______________________________

4. —¿Has leído los artículos sobre la cirugía *(surgery)* plástica de Letizia?

   —No, ______________________________

5. —Tú eres un caso perdido. Pero, ¿admiras a los miembros de la familia real?

   —Tendría que decir que no, ______________________________

CD2-16

5-10 Chismes Escucha los siguientes chismes *(pieces of gossip)* y selecciona la frase que mejor complete cada comentario.

1. ______	**a.** Lo considero egoísta.	**b.** Los considero egoístas.
2. ______	**a.** ¿Cómo lo hace lacio?	**b.** ¿Cómo la hace lacio?
3. ______	**a.** Seguro que la operaron.	**b.** Seguro que lo operaron.
4. ______	**a.** Parece que él la dejó *(left)*.	**b.** Parece que ella lo dejó.
5. ______	**a.** Se ve que las quiere mucho.	**b.** Se ve que los quiere mucho.

CD2-17

5-11 ¿Qué piensas tú? Escucha las siguientes opiniones sobre diferentes tipos de físico y di qué piensas tú. Puedes usar el siguiente vocabulario:

odiar detestar tolerar querer amar adorar

EJEMPLO *Tú escuchas:* Creo que las narices grandes son bonitas. ¿Qué piensas tú de las narices grandes?
Tú escribes: **Las adoro.** o **Las detesto.**

1. ______________________________
2. ______________________________
3. ______________________________
4. ______________________________
5. ______________________________

Nombre ____ Fecha ________________

Estructura y uso II Pronombres de objeto indirecto y pronombres de objeto dobles

5-12 **No sé qué regalarle a mi familia.** Ya pronto será Navidad y estás pensando en lo que le vas a regalar *(give as presents)* a tus familiares. Lee las siguientes oraciones y escoge la forma correcta en paréntesis.

1. Sé que mis abuelos (me / le) van a dar dinero. Ojalá que sea suficiente para poder (comprarles / comprarle) regalos a mis parientes y amigos.
2. A papá y mamá (les / le) voy a comprar un par de chanclas a cada uno.
3. A mi novio (le / les) daré una americana elegante.
4. A mi hermano menor pienso (regalarte / regalarle) una camisa.
5. No sé que (mandar / mandarle) a mi tía Lilia.
6. A ti (te / vosotros) voy a regalar unos libros.

5-13 **La amiga preguntona** Invitas a una amiga a estudiar en tu cuarto. Ella es muy curiosa y hace muchas preguntas. Contesta las siguientes preguntas usando los pronombres apropiados.

¿Quién te lavó la ropa?

1. ______________________ lavó mi hermano.

¿Quién te regaló esta gorra?

2. ______________________ regaló mi abuelo.

¿Quién te prestó estos libros?

3. ______________________ prestó mi profesor de literatura.

¿Cuándo te cortaste el pelo?

4. ______________________ corté ayer.

¿Quién os hizo esa foto a vosotros?

5. ______________________ hizo mi primo Miguel.

¿Quién os dio esta gargantilla tan bonita?

6. ______________________ dio mi madre.

5-14 **Hoy estuve muy ocupada.** Maruja pasó el día muy ocupada, haciendo preparaciones para las fiestas. Completa las preguntas con pronombres de objeto dobles.

EJEMPLO Compré una camisa para Jacinto.
¿Cuándo **se la** vas a dar?

1. Compré una gorra muy bonita. ¿A quién ______________________ vas a regalar *(give as a present)*?
2. También conseguí unos pantalones azules para Ángela. ¿Cuándo ______________________ vas a dar?
3. Le mandé perfume a la abuela. ¿Cuándo ______________________ mandaste?

4. Escribí unas tarjetas de navidad. ¿A quién ______________ vas a mandar?
5. Compré zapatos muy elegantes. ¿A quién ______________ vas a dar?
6. Le di la lista de invitados a Tere. ¿A quién ______________ diste?
7. Le pedí prestado dinero a mi padre. ¿A quién ______________ pediste prestado?
8. No sé que voy a hacer con las cosas que compré para mi novio. ¿Por qué no ______________ envías por correo?

5-15 Quiero saber. Contesta las siguientes preguntas con pronombres de objeto dobles.

1. ¿Te di la cazadora? Sí, ya ______________ diste.
2. ¿Nos enseñaron los vaqueros con cierre de cremallera? Sí, ella ______________ enseñó.
3. ¿Para quién trajo tu padre ese atuendo? Él ______________ trajo a Óscar.
4. ¿Me diste tu número de teléfono? Sí, ______________ di.
5. ¿Le mostraste los gorros a tus abuelos? No, no ______________ mostré.
6. ¿Escribiste la recomendación para Ovidio? Sí, ______________ escribí.

CD2-18 **5-16 Dame consejos.** Piensas que tu amigo es muy sabio *(wise)*. Cuéntale tus problemas y pídele consejos.

1. Te sugiero que ______________ digas: "¡Por qué no, es una buena idea!"
2. Es mejor que ______________ sugieras a ellas que te paguen tu pasaje también.
3. Yo ______________ recomiendo que te hagas el pelo liso en un salón de belleza.
4. Yo te recomiendo que ______________ digas a él que vas a buscar a alguien más apasionado.
5. ¡Eso ______________ pasa a todos nosotros!
6. ¿Por qué ______________ dices tus problemas?

CD2-19 **5-17 Para subir la autoestima** Tienes la autoestima baja y vas al sicólogo. Contesta sus preguntas usando pronombres de objeto dobles.

EJEMPLO ¿Quieres que te diga la verdad?
Sí, quiero que me la diga. O **Quiero cambiármela.**

1. Sí, ______________________________ decir.
2. Sí, quiero ______________________________.
3. Sí, ______________________________ hacer más largas.
4. Sí, puedo ______________________________.
5. Sí, él puede ______________________________
6. Sí, ______________________________ cambiar.
7. Sí, ______________________________ pagar hoy.

Nombre ______________________________ Fecha ______________

Vocabulario II La moda y la expresión personal

5-18 Buscar las definiciones Da una definición de las siguientes palabras asociadas con la moda.

1. el atuendo femenino

   ____

2. abotonar

   ____

3. el calzado

   ____

4. la capucha

   ____

5. el abrigo

   ____

6. gargantilla

   ____

7. tatuaje

   ____

8. cazadora

   ____

5-19 No sé qué ponerme. Tienes varias invitaciones y necesitas decidir cómo vestirte. Lee las siguientes situaciones y completa las oraciones con la expresión apropiada.

puños abotonados   capucha   vaqueros   unas chanclas   zapatos de tacón alto

1. Me invitaron a una fiesta formal en un hotel de primera clase. Me voy a ponerme un vestido largo con ______________. Sé que son elegantes pero también son incómodos para caminar.
2. Me invitaron a ver un partido de tenis al aire libre. Hoy hace un poco de frío. Creo que me voy a poner la cazadora con ______________.
3. Me invitaron a una fiesta de cumpleaños y quiero llevar algo informal. Ya sé, me voy a poner estos pantalones ______________.
4. Me invitaron a un restaurante elegante y hay que llevar ______________ y corbata.
5. Me invitaron a una barbacoa en la casa de un amigo. Con el calor que está haciendo pienso ponerme una camiseta, un par de pantalones cortos y ______________.

Nombre ______________________ Fecha ______________

5-20 **No me quedó claro el mensaje.** En tu contestador te han dejado un mensaje explicándote lo que tienes que empacar para tu viaje a Granada. Hay algunas palabras que no entiendes. Da una definición de las palabras en negrita.

Para el viaje a Granada traed (1) **una americana**, un jersey, (2) **zapatillas cómodas**, (3) **una gorra,** una sudadera que te quede (4) **holgada.** Y dejad en casa todas vuestras (5) **prendas** delicadas y en especial aquellas que tengan encajes.

1. ______________________
2. ______________________
3. ______________________
4. ______________________
5. ______________________

CD2-20

5-21 **La moda** Escucha la descripción y decide cuál dibujo está describiendo.

a. ______________

b. ______________

c. ______________

d. ______________

e. ______________

Nombre ______________________ Fecha ______________

5-22 Ropa para cada ocasión Escucha cuál es el evento y la ropa que llevan. ¿Cuál es tu opinión? ¿Es impactante? ¿Está pasado de moda? ¿No te va? ¿Te gustan o no?

CD2-21

1. Ropa: ______________________

   ____

   Tu opinión: ______________________

   ____

2. Ropa: ______________________

   ____

   Tu opinión: ______________________

   ____

3. Ropa: ______________________

   ____

   Tu opinión: ______________________

   ____

Nombre ______________________ Fecha ______________

Estructura y uso III Verbos como *gustar*

5-23 A mi la moda me tiene sin cuidado. Dos amigas hablan sobre la moda. Contesta las siguientes preguntas. Recuerda que es necesario usar el pronombe de objeto indirecto.

1. ¿Te importa estar de moda?

   No, ______________________

2. Lo que sí me gusta es comprar marcas buenas. ¿Te interesan las marcas famosas como Dior o Prada?

   No, ______________________

3. Lo que tengo que confesarte es que me gustan las prendas con encajes. ¿No te fascina a ti la ropa con muchos encajes?

   Sí, ______________________

4. Lo que no tolero son los zapatos de tacón alto. ¿Te molestan los zapatos de tacón alto?

   Sí, ______________________

5. Me vuelvo loca por los estampados. ¿Te quedan bien a ti los estampados?

   No, ______________________

5-24 Las dependientes del Corte Inglés Completa los siguientes comentarios sobre el servicio al cliente de algunas empleadas de un almacén español. Recuerda que es necesario usar pronombres.

1. las dependientas / no / caer / bien / a mi

   ____

2. a mí / parecer / que / siempre / estar / cansadas

   ____

3. a ellas / no / interesar / atender / a / los clientes

   ____

4. a mi madre / molestar / ese / comportamiento

   ____

5. a nosotras / parecer / inaceptable /esa / situación

   ____

6. nosotros/ no / deber / enojar / por eso

   ____

Nombre ______________________________ Fecha ______________

5-25 **Encuesta sobre la moda** Dinos qué opinas sobre estos diferentes temas de la moda.

1. ¿Qué tipo de atuendos te encanta?

____

2. ¿Qué te molesta en cuanto a la tendencia de la moda para chicas jóvenes?

____

3. ¿Qué te parece la manera de vestir de Penélope Cruz?

____

4. ¿Qué tipo de ropa te queda bien (deportiva, formal, juvenil, conservadora)?

____

5. ¿Qué tipo de calzado te fascina?

____

6. ¿Qué es lo que más te molesta de la manera de vestir de los chicos universitarios?

____

5-26 **Apuntes sobre la semana de la moda** Llena los espacios con la forma correcta del verbo en el presente. Recuerda incluir los correspondientes pronombres.

A mi 1. ______________ (caer bien) los diseños de Miguel Reyes. A los críticos de moda 2. ______________ (encantar) su línea de trajes de noche. A todos nosotros 3. ______________ (parecer) que es un estilo innovador. Lo único que 4. ______________ (faltar) al joven diseñador valenciano es una poco más de energía. Claro que a algunas personas 5. ______________ (molestar) el énfasis en colores grises y negros. No creo que tengan razón. En mi opinión la semana de la moda fue todo un éxito. No 6. ______________ (faltar) nada.

CD2-22

5-27 **¿Qué regalo?** Un amigo tiene una lista de familiares a quienes regalarle en la Navidad y te pide tu opinión. Selecciona la respuesta más lógica.

1. ______________
   - a. Pienso que le va a fascinar.
   - b. Pienso que no le va a gustar.
   - c. Pienso que te va a parecer tonto.

2. ______________
   - a. Pienso que le va a enojar.
   - b. Pienso que les va a molestar.
   - c. Pienso que le va a encantar.

3. ______________
   - a. Pienso que le van a interesar.
   - b. Pienso que les van a caer mal.
   - c. Pienso que les va a gustar.

4. ____________
   a. Pienso que le vas a caer bien.
   b. Pienso que le va a enojar.
   c. Pienso que le van a encantar.

5. ____________
   a. Creo que le va a quedar bien.
   b. Creo que le va a caer muy mal.
   c. Creo que le va a encantar.

6. ____________
   a. Creo que no le va a importar el precio.
   b. Creo que le va a quedar mal.
   c. Creo que no nos va a gustar.

CD2-23

5-28 Los gustos de los famosos Escucha la descripción de estas modas y decide a quién le gusta, seleccionando del siguiente vocabulario.

fascinar   quedar   gustar   interesar   molestar

1. A Pedro Almodóvar ______________________________ los pantalones holgados.
2. A los hombres altos ______________________________ los zapatos de tacón alto.
3. A ellas ______________________________ los tacones altos.
4. Antonio Banderas dice: "______________________________ ese tipo de ropa".
5. A los hombres ______________________________ la minifalda.
6. A Javier Bardem ______________________________ saber que va a ser calvo.

Nombre ______________________________ Fecha ______________

Impresiones

¡A leer! Manuel Pertegaz, sinónimo de estilo

Lee la descripción de la vida y obra de un reconocido modisto español y luego contesta las preguntas al final.

Estrategia: Usando la estructura de los párrafos para diferenciar entre ideas principales e ideas subordinadas
El autor de un escrito generalmente lo organiza de tal manera que cada uno de los párrafos expresa una idea o concepto importante para el desarrollo de la tesis o función del texto.

Antes de leer Lee rápidamente el artículo y trata de identificar la idea o concepto que se expresa en cada párrafo.

____

____

____

____

A leer Ahora lee el artículo con cuidado y verifica si conceptos o ideas que identificaste en la sección **Antes de leer** son ciertos.

Manuel Pertegaz, sinónimo de estilo

Manuel Pertegaz es sin lugar a dudas uno de los gigantes de la alta costura *(high fashion)* española. Doña Letizia de Ortiz, la esposa del Príncipe de Asturias, lo eligió para diseñar su traje de novia. Este gesto por parte de la futura reina de España hace de Pertegaz uno de los diseñadores más importantes del país. A este honor se añaden los innumerables premios y reconocimientos por su trabajo entre los que se cuentan el Oscar de la Costura por la Universidad de Harvard, las Medallas de Oro de Berlín, Ciudad México y Barcelona entre otras.

El reconocido diseñador nació en Teruel, España, en 1918. A los diez años se traslada con su familia a Barcelona. Allí ve un buen día un aviso solicitando un aprendiz de sastre *(tailor)*. Más tarde él dirá que este aviso cambió su vida. Abandonó la escuela y empezó a trabajar. Poco tiempo después, cuenta el diseñador, buscaban a alguien en el taller que se hiciera cargo de diseñar un abrigo de mujer y el intrépido sastre se hizo cargo de la tela *(fabric)* negra que se convertiría en sus manos en una elegante prenda de vestir. Esto marca el inicio de su éxito como diseñador.

Pertegaz ha sido desde joven una persona de buen gusto con un talento natural por la moda. Los que lo conocen lo caracterizan como un hombre accesible, amable y ante todo con un gran sentido de la estética. Se le reconoce su originalidad, tenacidad y su espíritu rebelde. Es un autodidacta que habla con naturalidad sobre su habilidad de hacerse a sí mismo.

Su carrera profesional se inicia en 1948 cuando a los veinticinco años de edad abre su propia casa de modas. Para los años cincuenta empiezan a llegar los premios, honores y sus creaciones principian a ser apreciadas en los Estados Unidos y Europa. La década de los años setenta representa la cúspide *(peak)* de su prestigio e influencia. En las dos últimas décadas ha logrado mantener su alto nivel de creatividad y ha solidificado su prominente puesto en el mundo de la moda mundial.

Nombre ____________________ Fecha ____________

Después de leer Lee las siguientes oraciones e indica si son ciertas (**C**) o falsas (**F**). Si la oración es falsa, corrígela.

1. La función de este artículo es la de informar sobre la vida de una persona. **C / F**

   ____

2. Manuel Petegaz es un diseñador importante porque personas como Doña Letizia de Ortiz quieren que él diseñe su traje de bodas. **C / F**

   ____

3. Uno de sus primeros diseños fue un abrigo de mujer. **C / F**

   ____

4. Pertegaz es un autodidacta porque estudió su arte en diferentes instituciones de Europa. **C / F**

   ____

5. Este artículo nos presenta algo de la vida y la carrera de Pertegaz utilizando datos, fechas, comentarios y anécdotas sobre el diseñador español. **C / F**

   ____

¡A escribir! Mi biografía

El tema Tú quieres pasar el próximo verano en España y te enteraste *(found out)* que el Club Rotario de tu comunidad está dando becas para estudiantes interesados en trabajar en España por dos meses. Uno de los requisitos es presentar por escrito una biografía de cuatro párrafos.

El contenido Antes de completar esta actividad regresa al libro de texto y lee otra vez el primer borrador: la estructura de una descripción biográfica. Luego haz una lista de los datos más importantes en tu vida.

ATAJO

Functions: Describing people; Expressing an opinion
Vocabulary: Body; Personality; Emotion
Grammar: Adjective: agreement, position; Personal Pronouns: direct, indirect; Verbs: present, use of **gustar**

El primer borrador Basándote en la información del **Contenido,** escribe en un papel el primer borrador de tu biografía.

Revisión y redacción Ahora, revisa tu borrador y haz los cambios necesarios. Asegúrate de verificar el uso del vocabulario apropiado del **Capítulo 5,** la concordancia, los pronombres personales, los pronombres de objeto directo e indirecto y el uso de **gustar** y de los verbos como **gustar.** Cuando termines, entrégale a tu profesor(a) la versión final de tu composición.

¡A pronunciar! La "z", "c", "j" y "g"

CD2-24

Estas consonantes se pronuncian de una forma diferente en España y en Hispanoamérica.

- La **"c"** y la **"z"** en América se pronuncian igual que la **"s"**. Por ejemplo: cielo, centro, zapato, Zaragoza. En España se pronuncia con la lengua detrás de los dientes, por ejemplo: cielo, centro, zapato, Zaragoza. Repite las siguientes palabras imitando la voz que oyes.

España	**Américas y el Caribe**
audaz	audaz
nariz	nariz
calzoncillos	calzoncillos
rizado	rizado

- Las letras **"j"** y **"g"** también son diferentes en España. Se usa más la garganta. Repite la pronunciación de España y la de América.

España	**Américas y el Caribe**
juguetona	juguetona
mujer	mujer
jersey	jersey
genial	genial

- Repite las oraciones para practicar ambos sonidos tratando de imitar la voz que oyes. Primero la pronunciación española y luego la estándar.

España

La cazadora llega a la cintura.
¡Oye, que se te ven los calzoncillos!
Los de Zaragoza somos muy audaces, ¿sabes?
Ese niño no es un sinvergüenza; es más bien juguetón.
Se parece a su padre. Tiene las mismas cejas y nariz.
Esa mujer es un genio. Pudo adelgazar para lucir su traje nuevo.

Américas y el Caribe

La cazadora llega a la cintura.
¡Oye, que se te ven los calzoncillos!
Los de Zaragoza somos muy audaces, ¿sabes?
Ese niño no es un sinvergüenza; es más bien juguetón.
Se parece a su padre. Tiene las mismas cejas y nariz.
Esa mujer es un genio. Pudo adelgazar para lucir su traje nuevo.

Nombre ______________________________ Fecha ______________

Autoprueba

I. Comprensión auditiva

CD2-25

Escucha qué está pasando en algunas tiendas de España y decide si las oraciones son ciertas **(C)** o falsas **(F)**.

1. El sobrepeso *(Being overweight)* es una de las causas de una baja autoestima en las mujeres y jovencitas. **C / F**
2. Las tiendas en Europa en general no acostumbraban ofrecer tallas grandes. **C / F**
3. Las tallas en la tienda Zara eran del 0 al 10 solamente. **C / F**
4. Zara W ahora ofrece tallas del 14 al 16. **C / F**
5. Las tallas más grandes no han tenido éxito. **C / F**

II. Vocabulario

Dos amigos hablan sobre estrellas de cine. El segundo siempre dice lo opuesto.

EJEMPLO TÚ: Ese actor es un sinvergüenza, ¿no?
AMIGO(A): No, creo que es **valiente**.

1. Tiene un mal genio.
   No es verdad, tiene ______________________________.
2. Tiene el pelo lacio en esa película.
   Sí, pero en la vida real tiene el pelo ______________________________.
3. En esa película tuvo que engordar, ¿no?
   Sí, pero después tuvo que ______________________________.
4. Tenía las facciones grandes, ¿no?
   Eso fue el año pasado, ahora tiene ______________________________.
5. En esa película es muy audaz y apasionado.
   En la vida real es ______________________________.
6. Siempre lleva ropa muy a la moda.
   Sí, pero en la vida real lleva atuendos ______________________________.
7. Parece cariñoso.
   Sí, pero en realidad es ______________________________.
8. Me gusta su pelo largo.
   Es una peluca *(wig)*. En realidad él es ______________________________.
9. En las películas lleva pantalones holgados.
   Sí, pero prefiere ______________________________.
10. Lleva faldas ajustadas.
    No, al contrario lleva faldas ______________________________.

Nombre ______________________________ Fecha ______________

III. Estructuras

A. ¿Qué vamos a empacar? Estás empacando para un viaje a España, ¿qué quieres o no quieres? Recuerda usar los pronombres de objeto directo para evitar la repetición.

EJEMPLO Te preguntan: ¿Empacaste chanclas?
Tú dices: **Sí, las empaqué.** o **No quiero empacarlas.**

1. ¿Empacaste unos vaqueros? ______________________________
2. ¿Empacaste una cazadora? ______________________________
3. ¿Empacaste el gorro negro? ______________________________
4. ¿Empacaste unos zapatos planos? ______________________________
5. ¿Empacaste una sudadera? ______________________________

B. Los reyes magos Los reyes le dan regalos a varias personas. ¿A quién se los dan? Usa pronombres de objetos dobles para ver qué dan los Reyes.

Regalos de Gaspar: dinero a Francisco y Felicita; un carro a Pepa y Pedro; un tren de juguete a Paquito
Regalos de Melchor: boletos para viajar a las Islas Canarias para Tomás y Norma; unos zapatos para mí; una televisión para nosotros
Regalos de Baltazar: el amor de su vida a Jorge; un regalo misterioso para ti.

1. ¿A quiénes les da el dinero? ______________________________
2. ¿A quiénes les da la televisión? ______________________________
3. ¿A quién le da un regalo misterioso? ______________________________
4. ¿A quiénes les da el carro? ______________________________
5. ¿A quiénes les da los boletos? ______________________________
6. ¿A quién le da los zapatos? ______________________________
7. ¿A quién le da un tren de juguete? ______________________________
8. ¿A quién le da el amor de su vida? ______________________________

C. ¿Qué tipo de persona te gusta? Decide cuál es tu tipo de persona. Usa las palabras **gustar, molestar, fascinar, encantar.**

1. Una persona estrictamente moral y determinada.
   a. A mí ______________________________.
   b. A mis padres ______________________________.
2. Una persona guapa, vanidosa y atrevida.
   a. A mis amigos ______________________________.
   b. A mi madre ______________________________.

3. Una persona con una pequeña cicatriz en la cara como Harrison Ford. Tiene algunas arrugas. Es tímido y sensato.
   a. A mis amigas ______________________________.
   b. A nosotros en mi casa ______________________________.
4. Una persona que es un sinvergüenza, que no se acopla a la sociedad. Es un rebelde con tatuajes en el cuerpo.
   a. A mí ______________________________.
   b. A mis padres ______________________________.
5. Una persona bastante terca e impulsiva, fuerte y vanidosa.
   a. A mí ______________________________.
   b. A mi profesor de español ______________________________.

IV. Cultura

¿Qué sabemos de España? Escoge la mejor respuesta.

1. Algunas veces los hombres se dirigen a las mujeres en la calle. Esto se llama ______.
   a. un calvo
   b. un estereotipo
   c. un piropo
2. Esta costumbre ______.
   a. no se considera mala en España
   b. se considera malo en España
   c. sólo lo hacen las mujeres
3. ¿Qué comenzó después de la muerte de Francisco Franco?
   a. el destape
   b. más censura
   c. una nueva moda
4. En las playas en España las mujeres llevan menos ropa que en las playas en los Estados Unidos.
   a. Es cierto desde los años 40.
   b. Es cierto ahora.
   c. No es cierto.
5. Una escritora española muy conocida es ______.
   a. Penélope Cruz
   b. Rosario Ferré
   c. Rosa Montero

Nombre ______________________________ Fecha ______________

Capítulo 6 El futuro

Vocabulario I La búsqueda del trabajo

6-1 Un examen de economía Después de leer un capítulo de economía, no estás seguro sobre el significado de los siguientes términos. Empareja la palabra de la lista con su definición.

anuncios asesor bono reclutador empresario capacitar

1. Título de deuda emitido por una empresa ______________________________.
2. Enseñar algo a alguien ______________________________.
3. Persona experta en una materia sobre la que aconseja *(advises)* profesionalmente ______________________________.
4. Propietario o administrador de una empresa ______________________________.
5. Persona que reune gente para un propósito especial ______________________________.
6. Información de carácter comercial para vender servicios o productos ______________________________.

6-2 La bolsa de trabajo Aquí tienes la oferta de empleo de una bolsa de trabajo. Llena los espacios con la palabra apropiada según el contexto.

experiencia previa trabajar bajo presión dominio de Photoshop
carta de presentación encargarse de diseñador gráfico

Fecha de oferta: 30/03/10

Nombre de la empresa: Publicidad y Diseño Digital

Descripción de la oferta:

Se busca (1) ______________ para cubrir una vacante en nuestra compañía de diseño y publicidad. Es esencial que tenga (2) ______________. El puesto requiere una persona con (3) ______________ (mínimo de tres años) y que pueda (4) ______________ y (5) ______________ nuestro departamento de diseño gráfico. Favor de enviar el currículo y una (6) ______________ antes del 30 de marzo del año en curso.

6-3 Ambiciones profesionales Sarah Palin Vas a una agencia de empleo donde te vas a entrevistar para un posible trabajo. Prepara una respuesta apriopiada para cada una de las siguientes preguntas.

1. ¿Cuáles son sus metas profesionales?

____

2. ¿Qué tipos de conocimientos tiene que le puedan ayudar a alcanzar su meta?

____

3. ¿Qué tipo de experiencia previa tiene?

____

4. ¿Qué está dispuesta a hacer para conseguir su puesto ideal?

____

5. ¿Qué atributos tiene que le van a ayudar a conseguir su puesto ideal?

____

6. ¿Tiene iniciativa? Dé un ejemplo concreto.

____

7. ¿Qué tecnologías de la información sabe usar?

____

8. ¿Quiere montar su propio negocio? Explique por qué sí o por qué no.

____

6-4 Buscar las definiciones Identifica la definición de las siguientes palabras.

1. Corredor de bolsa
   - **a.** Persona que hace posible una diversidad de transacciones financieras
   - **b.** Persona que administra una empresa pública
   - **c.** Persona que trabaja y gana un salario fijo

2. Reclutador
   - **a.** Persona que trabaja vendiendo servicios financieros
   - **b.** Persona que busca gente para trabajar en su institución
   - **c.** Persona que enseña a otra cómo funciona una industria

3. Comisión
   - **a.** Porcentaje que recibe un persona sobre el producto de una venta o negocio
   - **b.** Tiempo que se necesita para terminar un trabajo
   - **c.** Lugar donde se encuentra la sede de la policía

4. Capacitar
   - **a.** Obligación que alguien adquiere de hacer algo
   - **b.** Ganancia que se obtiene del capital que se invierte
   - **c.** Dar los conocimientos necesarios a una persona para que desempeñe una tarea

5. Encargarse de
   - **a.** Idea original que se presenta ante un comité
   - **b.** Asumir la responsabilidad por alguna cosa
   - **c.** Estar a favor de una propuesta

6. Diseñar
   - **a.** Idea original de un objeto u obra que se va a producir en serie
   - **b.** Copiar un dibujo original para vender al público
   - **c.** Almacenar información en un ordenador

Nombre ______________________________ Fecha ______________

6-5 **En busca de trabajo** Escucha la conversación entre Loyda y Carmen y decide si las oraciones son ciertas **(C)** o falsas **(F).**

CD3-2

1. Loyda recibe llamadas ofreciéndole empleo todas las semanas. **C / F**
2. Loyda cree que tiene buena presencia. **C / F**
3. Loyda funciona bien bajo presión. **C / F**
4. Loyda tiene una carta de presentación. **C / F**
5. Loyda está dispuesta a viajar. **C / F**
6. Loyda puede manejar asuntos administrativos. **C / F**

6-6 **¿Qué hace?** Escucha las descripciones de lo que hacen estas personas en su trabajo para adivinar qué es lo que hacen. Selecciona la profesión del vocabulario siguiente.

CD3-3

empresario	científico	administración de empresas	corredor de bolsa
asesor financiero	reclutador	ejecutivo de ventas	

1. ______________________________
2. ______________________________
3. ______________________________
4. ______________________________
5. ______________________________
6. ______________________________

Estructura y uso I El futuro

6-7 **¿Qué traerá el futuro?** Completa el siguiente diálogo con la forma correcta del verbo en paréntesis.

ANDRÉS: ¿Adónde vas a trabajar el año que viene?

EUFEMIA: (trabajar) 1. ______________ en Panamá.

ANDRÉS: ¿Dónde vas a montar su negocio?

EUFEMIA: Mis hermanos y yo lo (montar) 2. ______________ cerca del centro de San Salvador.

ANDRÉS: Y de tus hermanos, ¿a quién le van a encargar la administración de la compañía?

EUFEMIA: Me imagino que ellos se la (encargar) 3. ______________ a Toñito.

ANDRÉS: ¿Va a alcanzar sus metas la compañía para el año que viene?

EUFEMIA: Seguro que las (alcanzar) 4. ______________.

ANDRÉS: ¿Quién va a tener manejo de la oficina?

EUFEMIA: Nosotros (tener) 5. ______________ el manejo de la oficina.

ANDRÉS: ¿Van a proponer algún cambio de personal?

EUFEMIA: Mi padre (proponer) 6. ______________ un par de cambios.

Nombre ______________________ Fecha ______________

6-8 **El futuro económico del continente** Aquí tienes algunas de las predicciones económicas hechas por un economista. Escribe la forma correcta del verbo en futuro.

Para la siguiente década...

1. el trabajador medio ____________ (ganar) sueldos más altos.
2. se ____________ (superar) la pobreza en buena parte del continente americano.
3. los países de Centroamérica ____________ (tener) un mercado único.
4. ____________ (haber) menos puestos en el sector industrial.
5. la agricultura ____________ (estar) a la vanguardia de las exportaciones.
6. los países con economías pequeñas ____________ (seguir) teniendo problemas con el desempleo.
7. el sector de servicios ____________ (ser) el más dinámico de toda la economía.
8. los jóvenes ____________ (poder) ver los primeros cambios positivos en su nivel de vida.

6-9 **En el futuro será diferente.** Completa las oraciones usando el verbo en negrilla. Cambia la forma del verbo (pretérito, presente, infinitivo, etc.) al futuro.

1. Este año no **alcancé** mis metas, pero el año entrante las ____________.
2. Esta semana mi compañero y yo no **ganamos** ninguna comisión, pero la semana que viene ____________ un 10%.
3. Este mes no **monté** mi negocio, pero muy pronto mi primo y yo lo ____________.
4. Hoy no **vendí** muchas acciones, pero mañana ____________ más.
5. Se me olvidó **revisar** la bolsa de trabajo. Mañana lo ____________.
6. Esta vez no pudimos **implementar** nuestro proyecto. Pronto lo ____________.
7. Hasta ahora no **tenemos** el manejo de la tienda. Ya lo ____________ pronto.
8. Ya es hora que **vendamos** acciones. En un par de meses las ____________.

6-10 **Predicciones para el futuro** Cambia las siguientes oraciones del presente al futuro.

1. La economía mejora ______________________________.
2. Se crean nuevos tipos de comunicación personal ______________________________ ______________________________.
3. Sí, lo puede implementar ______________________________.
4. No, los precios no bajan ______________________________ ______________________________.
5. Sí, estamos dispuestos a pagar más impuestos ______________________________.
6. Sí, la alcanzamos ______________________________.

Nombre ______________________________ Fecha ______________

CD3-4

6-11 **¿Qué harán esta tarde?** Escucha los planes de cada persona y escoge la mejor respuesta.

1. El profesor…
   a. regresará a su casa para preparar tareas.
   b. volverá a su oficina para trabajar.
2. El profesor…
   a. hablará con todos los estudiantes.
   b. leerá las tareas de sus estudiantes.
3. El científico…
   a. analizará los resultados de esa mañana.
   b. hará experimentos sólo por la mañana.
4. El científico…
   a. preparará un informe para sus jefes.
   b. regresará a su casa a las 9:00 de la noche.
5. El diseñador gráfico…
   a. hablará con unos clientes para vender su computadora.
   b. llamará a unos clientes para hablar de colores.
6. El diseñador gráfico…
   a. piensa que tendrá que cambiar su diseño.
   b. piensa que al cliente le gustará su diseño.

CD3-5

6-12 **Metas** Escucha los planes de cada persona y llena los espacios con la palabra o frase que falta conjugando el verbo al tiempo futuro.

1. Jacinto no ______________ a la universidad.
2. Jacinto ______________ de juguetes.
3. Daniela ______________ sus estudios de química.
4. Daniela ______________ un puesto en un laboratorio.
5. Miguel dice: " ______________ de la universidad".
6. Miguel dice: " ______________ muchas entrevistas".
7. Miguel dice: " ______________ un buen puesto".
8. Sara y Silvia ______________ un puesto en ventas.
9. Ellas ______________ y ______________ a los clientes.
10. También ellas ______________ de la capacitación de los nuevos empleados.

Nombre ______________________________ Fecha ______________

Estructura y uso II El condicional

6-13 **Tú en mi lugar ¿qué harías?** En la conversación sobre finanzas y oportunidades de empleo, escoge la mejor respuesta. Recuerda que en estas situaciones se usa la forma del condicional.

PACO: ¿Buscarías un empleo en la bolsa de trabajo?

VALLE: Claro que lo 1. ____________ (hacer).

PACO: ¿Trabajarías a comisión?

VALLE: Seguro que 2. ____________ (trabajar) a comisión.

PACO: ¿Investirías en un fondo de inversión?

VALLE: Seguro que 3. ____________ (investir) en fondos de inversión.

PACO: ¿Estarías dispuesto a viajar con frecuencia?

VALLE: Creo que sí lo 4. ____________ (considerar).

PACO: ¿Montarías tu propio negocio?

VALLE: Es una idea intrigante. Sí, me 5. ____________ (gustar) hacerlo.

PACO: ¿Quién se va a encargar de tus hijos?

VALLE: Mis padres los 6. ____________ (supervisar) si consigo el trabajo.

6-14 **Un concurso extremo de televisión** Te van a dar $10.000. ¿Qué harías con este dinero? Escribe oraciones usando la forma correcta del condicional de uno de los siguientes verbos.

nadar salir dormir caminar beber decir venir gritar hacer

Si me dan $10.000…

EJEMPLO ……. / vidrio roto
Caminaría sobre vidrio roto.

1. ……. / 10 litros de cerveza en 10 minutos

____.

2. ……. / en una cueva llena de murciélagos *(bats)*

____.

3. ……. / sin parar por 24 horas

____.

4. le / ……. / a mi novio(a) que no quiero seguir saliendo con él/ella

____.

5. ……. / desnudo(a) por el campus

____.

6. ……. / en el océano en invierno

____.

7. ……. / cualquier cosa

____.

8. ……. / a clase en cuatro patas

____.

6-15 **La importancia de la cortesía** Escribe oraciones usando una manera más cortes. Usa la forma correcta del condicional de uno de los siguientes verbos.

importar molestar saber querer poder tener necesitar

EJEMPLO …… salir un poco antes, tengo que ir al médico.
Necesitaría salir un poco antes, tengo que ir al médico.

1. ¿Le ……. cerrar la puerta? Hay mucho ruido.

____.

2. Buenas tardes, ……. hablar con el ejecutivo de ventas.

____.

3. ¿Te ……. leer esta carta de presentación y decirme que te parece?

____.

4. ¿……. hablar con el corredor de bolsa?

____.

5. ¿……. usted a qué hora llega el asesor financiero?

____.

6. ¿……. usted tiempo para entrevistarme ahora?

____.

6-16 **¿Qué harías en estas situaciones?** Contesta las siguientes preguntas con la forma apropiada del condicional.

EJEMPLO Ve a una persona caerse en el metro.
Yo lo ayudaría a levantarse.

1. Encuentras un billete de 100 dólares.
Yo ____.
2. Ves cómo alguien le roba una cartera a una persona.
Yo ____.
3. Ves a tu artista de cine favorito en la calle.
Yo ____.
4. Descubres que tu supervisor está usando drogas.
Yo ____.
5. Te dicen que el precio de las acciones van a subir mañana.
Yo ____.

Nombre ______________________ Fecha ____________

6. Les avisan que van a cerrar la universidad a causa de la crisis financiera.

Nosotros ______________________.

7. Nos enteramos que van a ofrecer una rebaja del 80% en la librería.

Nosotros ______________________.

8. La temperatura baja a menos diez grados y la calefacción de tu apartamento no funciona.

Nosotros ______________________.

CD3-6

6-17 Problemas con los negocios Escucha a Omar, un salvadoreño hombre de negocios, que trata de resolver sus problemas en el negocio. ¿Qué haría?

1. ______________________

a. Omar haría más publicidad. **b.** Omar no vendería cosas que andan mal.

2. ______________________

a. Las acciones seguirían bajando. **b.** Omar vendería las acciones.

3. ______________________

a. Omar reduciría los empleados. **b.** Omar implementaría usar menos electricidad.

4. ______________________

a. Omar arreglaría las bases de datos. **b.** Omar analizaría las bases de datos.

5. ______________________

a. Él ofrecería comisiones a los mejores vendedores.

b. Él piensa que si ofrece comisiones a todos, esto motivaría a todos los vendedores.

6. ______________________

a. Haría vestirse bien, un requisito. **b.** Haría venir al trabajo, un requisito.

CD3-7

6-18 ¿Qué harías? Escucha las siguientes situaciones y expresa lo que harías en cada situación.

1. ______________________ (decirle) ¡es usted terrible!
2. ______________________ (regresar) a mi casa y ______________________ (buscar) la receta.
3. ______________________ (montar) tu propio negocio.
4. ______________________ (darle) las gracias y ______________________ (aceptar) los regalos.
5. ______________________ (ir) a una tienda y ______________________ (comprar) una camisa nueva.
6. (No) ______________________ (gastar) el dinero inmediatamente. (No) ______________________ (devolver) el dinero.

Nombre ______________________ Fecha ______________

Vocabulario II El compromiso social

6-19 No me acuerdo de la palabra exacta. La circunlocución es la habilidad de explicar lo que queremos decir cuando no nos acordamos de la palabra exacta. Empareja la descripción con la palabra descrita.

rescate estipendio voluntariado remunerar sin fines de lucro combatir

1. Es una institución que ofrece un servicio o un producto para beneficio de la sociedad y no busca ganar dinero. ______________
2. Es una actividad que se hace por gusto y no por obligación o por afán de ganar dinero. ______________
3. Es luchar en contra de algo. ______________
4. Es una suma de dinero que se le da a una persona para ayudarle a lograr metas académicas o profesionales. ______________
5. Es una cantidad de dinero que se paga para encontrar a una persona o recobrar alguna cosa. ______________
6. Es pagar a alguien dinero por algo que hace o por un trabajo que desempeña. ______________

6-20 Dos puntos de vista diferentes Tú no estás de acuerdo con la opinión dada aquí. Termina la oración de manera lógica usando una de las palabras que aparecen en el vocabulario del capítulo y que tengan un significado opuesto a la palabra en negrita.

1. Los programas de acción comunal crearon **riqueza** en nuestro pueblo.

   —No, por el contrario, incrementó ______________.
2. El sistema de irrigación terminó con la **sequía** *(drought).*

   —No, no estoy de acuerdo. Lo que hizo fue crear ______________ en nuestras tierras en épocas de lluvia.
3. Los niños de nuestras escuelas disfrutan de un excelente programa de **nutrición**.

   —Eso no es verdad. Ellos sufren ahora de ______________.
4. El desarrollo económico **insostenible** no toma en consideración el medio ambiente *(the environment)* ni el crecimiento *(growth)* sin ningún tipo de control.

   —Eso no se lo cree nadie. Tenemos un sistema económico ______________.
5. El agua **contaminada** en nuestras casas no se puede tomar. Ni siquiera se puede utilizar para regar *(to water)* las plantas.

   —Eso no es verdad. Nosotros tenemos agua ______________ para todos nuestros ciudadanos.
6. Las políticas del gobierno solo son a **corto plazo.**

   —Al contrario son políticas a ______________.

Nombre ________________________ Fecha ____________

6-21 **¿Dónde está el impostor?** Identifica la palabra que no corresponde en las siguientes series de palabras y explica por qué.

EJEMPLO atletismo / surfing con cometa / tablavela / navegar a vela
Atletismo porque no es una actividad acuática.

1. agua potable / inundación / sequía / desnutrición
____
2. colaborar / promover / proteger / egoísmo
____
3. pobreza / desarrollo sostenible / bienestar / calidad de vida
____
4. vivienda / casa / apartamento / estipendio
____
5. el huracán / el terremoto / la inundación / la caridad
____
6. pobreza / desnutrición / desastre natural / bienestar
____

6-22 **Buscar las definiciones** Da una definición de las siguientes palabras.

1. la caridad ________________________________
2. el terremoto ________________________________
3. el compromiso ________________________________
4. combatir ________________________________
5. echar una mano ________________________________
6. rescatar ________________________________

CD3-8 **6-23** **¿Qué se necesita?** Escucha los siguientes problemas que hay en el mundo y decide qué se necesita o qué pasa.

1. ________________________________
   a. hay desnutrición. **b.** hay bienestar. **c.** hay altruismo.
2. ________________________________
   a. se necesita agua potable. **b.** se necesita buena vivienda. **c.** hay pobreza.
3. ________________________________
   a. hay terremotos. **b.** hay inundaciones. **c.** hay gente discapacitada.
4. ________________________________
   a. están mejorando. **b.** están desamparados. **c.** están en vías de desarrollo.

5. ______________________________

a. el gobierno distribuye comida. | b. el gobierno promueve la educación. | c. el gobierno provee viviendas.

6. ______________________________

a. abunda el altruismo. | b. no hay suficientes recursos. | c. el efecto es devastador.

CD3-9

6-24 ¿Qué quiere hacer? Escucha un mensaje que le deja Esteban a su mamá sobre su decisión de ir al extranjero y decide si las oraciones son ciertas **(C)** o falsas **(F).**

1. Esteban quiere ofrecerse de voluntario. **C / F**
2. Esteban quiere hacer amigos en las Américas. **C / F**
3. La organización no busca ganar dinero. **C / F**
4. Esteban quiere ayudar con la prevención de desastres. **C / F**
5. Esteban ayudaría en la construcción de calles para ayudar el tránsito de comida. **C / F**
6. También ayudaría en la educación contra la SIDA. **C / F**

Estructura y uso III Mandatos

6-25 Los consejos de un veterano. Tú llevas más de cinco años trabajando en una tienda especializada en ropa lujosa. Un compañero que solo lleva un par de días en el puesto quiere que le des algunos consejos para que él pueda tener éxito en esta compañía. Escoge el mandato apropiado.

1. (Ten / Tenga) mucha paciencia con tus compañeros de trabajo.
2. Si no entiendes algo, (pregunte / pregunta).
3. (Llegue / Llega) unos quince minutos antes de que empiece tu turno de trabajo.
4. No (sal / salgas) de la oficina sin avisar adónde vas a ir.
5. (Haz / Hagas) al pie de la letra lo que te pidan hacer.
6. (Di / Digas) lo que piensas.
7. (Vea / Ven) bien vestido.
8. (Sea / Sé) justo con tus clientes.

6-26 ¿Cómo se llega a la Cruz Roja? Llena el espacio con un mandato formal de la siguiente lista.

doblar   cruzar   preguntar   seguir   caminar   ceder

1. ______________ por esta calle hasta llegar a la avenida Toledo. 2. ______________ a la izquierda. 3. ______________ hasta el parque Salinas. 4. ______________ el parque hasta llegar a la calle Concepción. Allí está la oficina. Esa área es de mucha congestión peatonal.
5. ______________ el paso a las personas en la intersección. Si no la encuentras
6. ______________ a alguna persona.

Nombre ____ Fecha ________________

6-27 **Hay que ayudar** Completa las siguientes oraciones con los mandatos en plural (nosotros[as]), usando uno de los verbos a de la lista.

echar	construir	recaudar	colaborar
comprometerse	proteger	combatir	promover

1. .... una mano a las víctimas del terremoto

   ____.

2. .... con la Cruz Roja

   ____.

3. .... fondos para los niños

   ____.

4. .... letrinas *(latrines)*

   ____.

5. .... los bienes de las personas

   ____.

6. .... cooperación entre las víctimas

   ____.

7. .... el pesimismo

   ____.

8. .... a apoyar un plan a largo plazo

   ____.

6-28 **¿Qué hacemos con todo esto?** Completa el diálogo con un mandato y el pronombre adecuado.

EJEMPLO ¿Qué hacemos con esta gente desamparada?
(tú, proteger) **Protégela.**

¿Qué vamos a hacer con el reporte sobre el desarrollo sostenible?

1. ____________________ (tú, mandar) al director.

Si te encuentras con el Dr. Peralta 2. ____________________ (decir) que quiero hablar con él.

Muy bien.

No encuentro los formularios sobre el voluntariado.

No lo 3. ____________________ (buscar) más. 4. ____________________ (pedir) una copia al secretario.

No voy a tener tiempo para terminar de leer el informe sobre el agua potable.

Pues, 5. ____________________ (terminar) mañana.

¿Podemos colaborar con partidos políticos?

Seguro, 6. ____________________ (tú, colaborar) con ellos.

No tenemos más dinero. ¿Qué hacemos?

Pues, 7. ____________________ (nosotros, recaudar).

CD3-10 **6-29 Instrucciones** Escucha cada problema y da instrucciones usando mandatos formales.

1. ____________________
- **a.** Hierve el agua.
- **b.** Hierva el agua.
- **c.** Beba el agua.

2. ____________________
- **a.** Manténgase lejos de las ventanas.
- **b.** No se mantenga lejos de las ventanas.
- **c.** Mire por las ventanas.

3. ____________________
- **a.** Échenos una mano.
- **b.** Ayúdanos.
- **c.** Viaje a muchas partes del mundo.

4. ____________________
- **a.** Contribuya ayudando.
- **b.** Colabora ayudando.
- **c.** Colabore con las autoridades.

5. ____________________
- **a.** Construye viviendas.
- **b.** Aprenda carpintería.
- **c.** Construya casas.

6. ____________________
- **a.** Retire fondos del banco.
- **b.** Recaude fondos.
- **c.** Contribuya dinero.

CD3-11 **6-30 Costa Rica** Escucha lo maravilloso de Costa Rica y recomiéndale a un amigo qué debe hacer allí usando mandatos informales.

EJEMPLO *Tú escuchas:* El pico más alto de Costa Rica es Chiripó Grande. ¡Debes ir! ¡Debes sacar fotos!
Tú escribes: **Ve a Chiripó Grande. Saca fotos.**

1. a. ____________________ el café.

b. ____________________ con tus amigos.

2. a. ____________________ por los parques.

b. ____________________ los pájaros.

3. a. ____________________ a ver un partido.

b. ____________________ los colores de Costa Rica.

4. a. ____________________ esa música.

b. ____________________ en la calle.

5. a. ____________________ las tortugas *(turtles)*.

b. ____________________ cuidado de los tiburones *(sharks)*.

Nombre ______________________ Fecha ______________

Impresiones

¡A leer! Cómo enfrentarse con éxito a una entrevista de trabajo

Lee el siguiente artículo sobre una entrevista de trabajo y luego haz la actividad de la sección **Después de leer** para verificar tu comprensión de la lectura.

Estrategia: Clarificar el significado al entender la estructura de la oración
Si estamos concientes de la estructura de la oración (sujeto–verbo–complemento) podremos descifrar (*decipher, figure out*) con más facilidad el significado de un texto.

Antes de leer Lee las siguientes oraciones e identifica el sujeto–verbo–complemento.

EJEMPLO El corredor de bolsa recibe un bono.
sujeto: el corredor de bolsa; verbo: recibe; complemento: un bono.

1. La entrevista requiere cierta preparación.

____

2. El candidato tiene que conocerse a sí mismo.

____

3. Usted debe cuidar el uso de su vocabulario.

____

A leer Ahora lee el artículo con cuidado y usa la estrategia de la lectura para descifrar el significado de las oraciones difíciles.

La entrevista es generalmente el último obstáculo en la búsqueda de trabajo. Todo candidato debe demostrar que es la persona perfecta para el puesto que se le ofrece. Además, debe estar seguro de que esta compañía representa el lugar apropiado para lograr sus metas profesionales.

La entrevista requiere cierta preparación. El candidato tiene que conocerse a sí mismo e investigar a fondo la empresa y el puesto que ofrecen. Un primer paso es identificar con claridad y de manera concisa sus metas profesionales y estar preparado para explicar por qué considera que podrá contribuir al éxito de la compañía. No sólo tendrá que conocer sus puntos fuertes sino también poder describir sus puntos débiles y lo que hace para superarlos. Es muy importante que el candidato pueda apoyar sus afirmaciones con hechos o ejemplos.

Sea optimista y no tenga temor en enumerar sus logros académicos, su experiencia profesional y sus habilidades interpersonales. Hay que recordar que usted representa para la compañía una inversión y que quieren estar seguros de que usted podrá cumplir con las exigencias de su trabajo. Para el entrevistador ésta será la oportunidad de descubrir su personalidad y de crearse una primera impresión de usted como persona.

Si lo considera pertinente al puesto que solicita, incluya sus conocimientos de lenguas extranjeras, su familiaridad con diferentes tipos de software, su habilidad para trabajar con personas de diferentes grupos étnicos y su deseo de mantenerse al día en su campo.

Buena parte del éxito de una entrevista recae en su habilidad de comunicarse de manera efectiva. Usted debe poder hablar de sí mismo, de la empresa y de la correspondencia entre sus cualidades y las necesidades de la compañía de manera adecuada y persuasiva.

(continued)

Nombre ______________________________ Fecha ______________

(continued)

Usted debe cuidar el uso de su vocabulario, expresarse de manera clara y directa, asegurarse de contestar las preguntas que le hagan y sobretodo prestar atención al lenguaje no verbal. Muchas veces contradecimos con nuestros gestos y postura lo que estamos diciendo.

Si es posible le recomendamos que simule la entrevista con amigos o familiares y si es posible grábela y analícela. El hecho de haber sido invitado a una entrevista ya significa cierto interés por parte de la compañía, y lo único que falta es convencerlos de que usted es el candidato ideal.

Después de leer Lee las siguientes oraciones e indica si son ciertas **(C)** o falsas **(F).** Si la oración es falsa, corrígela.

1. Todo candidato debe estar seguro de que es la persona apropiada para el puesto que busca. **C / F**

   ______________________________.

2. El primer paso para prepararse para una entrevista es identificar los puntos débiles. **C / F**

   ______________________________.

3. En general, las compañías consideran a cada trabajador potencial como una inversión. **C / F**

   ______________________________.

4. El candidato no debe mencionar sus conocimientos de idiomas a no ser que el entrevistador se lo pregunte. **C / F**

   ______________________________.

5. La clave de toda entrevista es la habilidad del candidato de comunicarse de manera efectiva con el entrevistador. **C / F**

   ______________________________.

¡A escribir! Una carta de agradecimiento

El tema Acabas de entrevistarte con la compañía Frutas Tropicales de Costa Rica para un trabajo de verano como asistente de ventas. Escribe una carta agradeciendo la entrevista que te concedieron. Menciona el trabajo que solicitas y haz hincapié (*put emphasis*) en las cualidades que posees.

El contenido Antes de completar esta actividad regresa al libro de texto y lee otra vez la estrategia de escritura. En esta carta quieres dar gracias por la entrevista, resaltar tu interés en el puesto y la empresa y destacar tus atributos y habilidades. En un papel, haz una lista de tus logros académicos y tu experiencia.

ATAJO

Functions: Writing a letter (formal); Expressing intention
Vocabulary: Personality; Professions; Working conditions
Grammar: Accents; Adjective agreement; Nouns: irregular gender; Verbs: commands, conditional, imperative

El primer borrador Basándote en la información del contenido, escribe en un papel el primer borrador de tu carta.

Revisión y redacción Ahora, revisa tu borrador y haz los cambios necesarios. Asegúrate de verificar el uso del vocabulario apropiado del **Capítulo 6** y las conjugaciones de los verbos. Cuando termines, entrégale a tu profesor(a) la versión final de tu carta.

Nombre ______________________ Fecha ______________

CD3-12

¡A pronunciar! Los acentos y el golpe *(stress)*

- El golpe que lleva una sílaba u otra puede cambiar el significado de una palabra. Igual pasa en inglés:
  refuse *(garbage)* refuse *(reject)*
  present *(gift)* present *(introduce)*
  En español el golpe también cambia el significado:
  rescato *(I rescue)* rescató *(He or she rescued)*
  seria *(serious–fem.)* sería *(I would be)*
  ganara *(would have earned)* ganará *(will earn)*
- Siempre mira donde está el acento para colocar *(place)* el golpe donde debe ir, si no, es posible que haya un malentendido *(misunderstanding)*. Hay una gran diferencia entre:
  Me hablo *(I speak to myself.)*
  Me habló *(He or she spoke to me.)*
- Repite las siguientes palabras imitando el acento de la voz que oyes.
  farmacéutico
  oftalmólogo
  científico
  gráfico
  raíces
  dirá diría
  querré querríamos
- Repite las siguientes oraciones imitando el acento de la voz que oyes.
  1. Ni el farmacéutico, ni el oftalmólogo te verían sin una cita.
  2. El agente de bienes raíces te dará un estimado carísimo.
  3. Todo científico querría tener la cura para la SIDA.
  4. De seguro tendría muchísimo dinero y ganaría el Premio Nobel.
  5. Sobre la medicina, el médico dirá: tómesela con agua.

Nombre ______________________________ Fecha ______________

CD3-13

I. Comprensión auditiva

Escucha la siguiente entrevista entre la directora de recursos humanos de la empresa Seguros Interamericanos y Martín Peña, un candidato para un puesto en esa compañía, y decide si las oraciones son ciertas **(C)** o falsas **(F).**

1. Martín se enteró del puesto por medio de un anuncio de periódico. **C / F**

____.

2. Martín no sabe nada de la compañía. **C / F**

____.

3. Martín quiere trabajar en la compañía de seguros porque tiene buena reputación y cree que puede contribuir en algo a la empresa. **C / F**

____.

4. A Martín le gustaría vivir en Costa Rica, pero está dispuesto a viajar a otros países. **C / F**

____.

5. La directora le ofreció el puesto a Martín. **C / F**

____.

II. Vocabulario

¿Qué sabemos de la búsqueda de trabajo? Encuentra la mejor definición en la columna de la derecha.

1. bolsa de trabajo ____________
2. capacitar empleados ____________
3. reclutador ____________
4. empresario ____________
5. corredor de bolsa ____________
6. administrar una empresa ____________
7. comisión ____________
8. carta de presentación ____________
9. meta ____________
10. publicidad ____________

a. porcentaje que recibe un persona sobre el producto de una venta o negocio
b. anuncios de productos o servicios para posibles consumidores
c. un documento que identifica los logros académicos y profesionales de una persona
d. agente mediador en transacciones financieras
e. entrenar a una persona para que desempeñe un trabajo
f. lugar que da información sobre puestos disponibles
g. persona encargada de administrar una empresa
h. dirigir una firma
i. un objetivo global
j. persona que busca gente para trabajar en una institución

Nombre ______________________ Fecha ______________

III. Estructuras

A. El futuro

Mis planes para el futuro: soñar no cuesta nada Completa las siguientes oraciones con la forma correcta del verbo.

Yo 1. ____________________ (ir) a conocer el mundo.

Mi novio y yo 2. ____________________ (casarse) en un crucero.

Nosotros 3. ____________________ (tener) trabajos interesantes y lucrativos.

Tú 4. ____________________ (ver) todas las maravillas del mundo.

El mundo entero 5. ____________________ (ser) mi hogar.

B. El condicional—Decisiones

Escoge el verbo apropiado de la lista y ponlo en el condicional.

gustar valer ir salir ser

Decidí que 1. ____________________ a esa entrevista aunque no soy el mejor candidato. Supe que la directora de recursos humanos dijo que le 2. ____________________ contratar a alguien joven. Pensé que todo 3. ____________________ mal pero me sorprendió el resultado. Parece que ella decidió en el último momento que 4. ____________________ la pena conocerme. 5. ____________________ un gran triunfo para mí si consiguiera este puesto.

C. Mandatos—Consejos

Lee la siguiente carta y luego haz una lista de consejos que le darías a esta persona. Escoge el uso apropiado de mandatos de acuerdo con el contexto de la carta. Usa los verbos de la siguiente lista.

tener paciencia
conversar con los pacientes
no sentir miedo
no encerrarse
comprar un ventilador
invitarlo a salir
hablar con tu jefe

Estimada Mauricia:
Te escribo porque estoy desesperada. Como tú sabes estoy trabajando de voluntaria en un centro de salud en Panamá. Me da miedo hablar con los pacientes en español porque no quiero que se vayan a burlar *(make fun)* de mi manera de hablarlo. Después del trabajo regreso a mi cuarto y me encierro *(shut myself in)* a llorar. En la noche no puedo dormir porque hace mucho calor y no tengo ni siquiera un ventilador. Hay un chico muy simpático en el centro de salud pero creo que no le caigo bien. Para colmo *(To top it all)* no me llevo bien con mi jefe. ¿Qué puedo hacer?

____

____

____

____

____

____

____

Nombre ______________________ Fecha ______________

IV. Cultura

¿Qué has aprendido en este capítulo sobre El Salvador, Costa Rica y Panamá? Lee las siguientes oraciones y decide si son ciertas **(C)** o falsas **(F)**.

1. En las economías de Panamá y El Salvador se usa el dólar norteamericano como divisa *(currency)*. **C / F**
2. Panamá tiene soberanía *(sovereignty)* sobre la zona del canal de Panamá. **C / F**
3. En algunos países latinoamericanos es común hacer preguntas personales (¿Es usted casado? ¿Tiene hijos?) durante una entrevista de trabajo. **C / F**
4. El Arzobispo Óscar Romero fue presidente de El Salvador. **C / F**
5. Óscar Arias fue presidente de Costa Rica y ganador del Premio Nobel de la Paz. **C / F**

Nombre ______________________________ Fecha ______________

Capítulo 7 La justicia

Vocabulario I La lucha por los derechos

7-1 Sinónimos Escoge la palabra o frase que mejor complete las siguientes oraciones.

1. Hacerle daño a una persona es equivalente a...
- **a.** maltratarla.
- **b.** censurarla.
- **c.** liberarla.
- **d.** pararla.

2. Violar los derechos humanos de una persona equivale a...
- **a.** darle esos derechos.
- **b.** reconocerle esos derechos.
- **c.** eliminar esos derechos.
- **d.** obtener esos derechos.

3. Tener solidaridad con una población equivale a...
- **a.** vivir incorporado al resto de la población.
- **b.** solicitarle dinero a una población.
- **c.** ofrecer apoyo a una población.
- **d.** traer la cultura a una población.

4. Decir que hubo un levantamiento campesino equivale a...
- **a.** decir que hubo una celebración religiosa.
- **b.** decir que hubo un festival.
- **c.** decir que hubo una rebelión.
- **d.** decir que hubo un acto cultural.

5. Decir que alguien censuró la información equivale a...
- **a.** decir que obtuvo la información.
- **b.** decir que prohibió la publicación de la información.
- **c.** decir que agregó algo a la información.
- **d.** decir que dio la información.

6. Decir que una situación es insoportable equivale a...
- **a.** decir que no se puede tolerar más.
- **b.** decir que es incomprensible.
- **c.** decir que es sangrienta.
- **d.** decir que es pacífica.

7-2 Acción cívica Lee la siguiente descripción de lo que está pasando en una comunidad peruana y completa las siguientes oraciones con la palabra apropiada de la lista.

llamar la atención	pacífica	discriminar	censurar
movilización	consigna	desigualdad	portavoz

1. La asociación campesina acusa al gobierno municipal de ______________ en contra de grupos indígenas.

2. El ______________ pide fin a los abusos por parte de la policía local.

3. La meta principal de la asociación es la de terminar con la ______________ existente.

4. Para lograr este objetivo organizó una ______________ de campesinos e indígenas.

5. La ______________ es tierra y libertad para todos los peruanos.

6. Esperan poder ____________ de las autoridades.
7. La asociación es ante todo una organización ____________.
8. El gobierno busca por medios legales ____________ esta organización.

7-3 **¿Dónde está el impostor?** Identifica la palabra que no corresponde en las siguientes series de palabras y explica por qué.

EJEMPLO el manifestante / derrocar / amenazar / oprimir
El manifestante porque es la única palabra que se refiere a una persona.

1. esclavo / pancarta / acusado / asesino

____

2. sangriento / pacífico / bueno / cariñoso

____

3. simpático / insoportable / agradable / amigable

____

4. liberar / ayudar / oprimir / dar la libertad

____

5. proteger / maltratar / ayudar / dar apoyo

____

6. el juicio / el juez / el jurado / el pandillero

____

7-4 **Buscar las definiciones** Da una definición de las siguientes palabras.

1. derrocar ____
2. amenazar ____
3. consigna ____
4. movilizar ____
5. protestar ____
6. falsificar ____

Nombre ______________________________ Fecha ______________

CD3-14 **7-5 En otras palabras** Escucha lo que pasa en Perú y escoge la oración que quiere decir lo mismo en otras palabras.

1. ______
a. Hay desigualdad.
b. Hay solidaridad.
c. Hay esclavitud.

2. ______
a. Censuran la prensa.
b. Amenazan a los funcionarios del gobierno.
c. Hacen marchas con pancartas.

3. ______
a. Hay levantamientos.
b. Hay respeto.
c. Hay privacidad.

4. ______
a. Hay maltrato.
b. Hay paros.
c. Hay liberación.

5. ______
a. Hay que respetar al gobierno.
b. Hay que tomar medidas.
c. Hay que discriminar contra el gobierno.

6. ______
a. Ayuda a someter a los indígenas.
b. Es la consigna de la causa.
c. Es el portavoz de la causa.

CD3-15 **7-6 Los indígenas de Norteamérica** Escucha lo que pasó con las tribus de Norteamérica y llena los espacios que siguen usando el vocabulario dado: **pacífica, explotar, violar, solidaridad, vencidos.**

1. Entre las tribus no hubo ____________________.

2. El gobierno ____________________ sus tierras.

3. El gobierno ____________________ los derechos de los indígenas.

4. Las tribus rara vez protestaron de una forma ____________________.

5. Los indígenas fueron ____________________.

Nombre ______________________ Fecha ______________

Estructura y uso I El subjuntivo en cláusulas adjetivales

7-7 Una encuesta Tú estás entrevistando a una persona sobre la situación política de tu comunidad. Responde a las siguientes preguntas. Asegúrate de escoger la forma correcta del verbo.

1. ¿Conoce usted a alguien que luche por los derechos humanos? Sí, conozco a alguien que (lucha / luche) por los derechos humanos.

   ______________________.

2. ¿Puede recomendarme a alguien que sepa algo sobre el movimiento campesino de esta región? Sí, Adalberto Roncamayor es alguien que (sabe / sepa) mucho sobre el tema.

   ______________________.

3. ¿Tiene usted amigos o familiares que han participado en las huelgas en contra del gobierno municipal? No, no tengo amigos que (han / hayan) participado.

   ______________________.

4. ¿Hay alguna organización que sea capaz de organizar a los marginados? No creo que haya alguna que (sea / es) capaz de hacerlo.

   ______________________.

5. ¿Cree usted que hay alguien que pueda dirigir esta protesta? Ojalá que (hay / haya) alguien que lo pueda hacer.

   ______________________.

6. ¿Hay esperanza de que algún día se logre a igualdad entre todas las personas? Claro que hay la esperanza de que un día de estos se (logre / logra).

   ______________________.

7. ¿Votaría usted por alguien que proponga la eliminación de todos los impuestos? Sí, yo votaría por alguien que lo (propone / proponga).

   ______________________.

8. ¿Eligiría usted a algún candidato que esté a favor del servicio militar obligatorio *(military draft)*? No creo que en mi estado haya un candidato que (está / esté) a favor.

   ______________________.

7-8 ¿Qué se requiere para que una organización comunitaria tenga éxito? A continuación tienes una serie de recomendaciones para que una organización comunitaria tenga éxito. Completa las oraciones con la forma correcta del verbo.

Se necesitan personas que 1. ____________ (tener) sentido común, un lídér que 2. ____________ (poder) persuadir a los activistas, y por lo menos un representante que 3. ____________ (estar) dispuestos a luchar por los derechos de la comunidad, políticos que 4. ____________ (querer) proteger los intereses de la mayoría, miembros de la agrupación que 5. ____________ (participar) activamente en las decisiones del grupo y ciudadanos que 6. ____________ (reconocer) los esfuerzos de los activistas. Además, se requieren individuos que 7. ____________ (ser) honestos y que 8. ____________ (desear) dejar su huella en la sociedad.

Nombre ______________________ Fecha ______________

7-9 **¿Qué opinas?** Completa las siguientes oraciones con la forma correcta del subjuntivo.

1. Necesitamos líderes que…

   ______________________________.

2. Debemos tener un gobierno que…

   ______________________________.

3. Hay que apoyar a organizaciones que…

   ______________________________.

4. Hay que elegir a personas que…

   ______________________________.

5. Los jueces deben ser personas que…

   ______________________________.

6. Debemos vivir en una sociedad que…

   ______________________________.

7. No se debe permitir que las pandillas…

   ______________________________.

8. Exigimos políticos que…

   ______________________________.

7-10 **¿Conoces a tus compañeros(as)?** Escribe cinco preguntas que puedas usar para conocer mejor la orientación política de tus compañeros.

EJEMPLO ser / miembro activo de un partido político
¿Hay alguien que sea miembro activo de un partido político?

1. gustar / la política

   ____

2. odiar / la política

   ____

3. luchar / una causa política

   ____

4. ser / líder / organización política

   ____

5. considerarse / activista

   ____

6. trabajar / organización sin fines de lucro

   ____

Nombre ______________________ Fecha ______________

CD3-16 **7-11 El próximo viaje a Ecuador** Escucha lo que quiere hacer Ernesto en su próximo viaje al Ecuador. Selecciona la frase que mejor complete la oración.

1. En el Ecuador hay una montaña que…
  a. se llame Quito.
  b. se llama los Andes.
  c. se llama el Chimborazo.

2. ¿Conoce él una persona que…
  a. sea un miembro del gobierno?
  b. sea un líder?
  c. es un manifestante?

3. Ahora sólo conoce a una persona que…
  a. es el portavoz de un periódico.
  b. sea el director de un periódico.
  c. sea muy inteligente.

4. Quiere ir a manifestaciones donde…
  a. hay bloqueos en las calles.
  b. haya mucha violencia.
  c. exijan la igualdad de derechos.

5. Ernesto busca una experiencia que…
  a. es importante para su vida.
  b. sea importante para su vida.
  c. es significativo en su vida.

6. Ernesto quiere un Ecuador que…
  a. no tenga censura.
  b. no sea exigente.
  c. no tolere la discriminación.

CD3-17 **7-12 Un político típico** Escucha lo que dice este político y escribe la verdad diciendo lo opuesto.

1. En realidad, no conoce a nadie que ______________________ por la justicia.

2. En realidad, él es amigo de los políticos que no ______________________ la verdad.

3. En realidad, no hay nadie que ______________________ quechua.

4. En realidad, él necesita voluntarios que ______________________ los derechos humanos.

5. En realidad, no tiene a nadie que ______________________ a hacer pancartas.

Nombre ______________________________ Fecha ______________

Estructura y uso II El subjuntivo en cláusulas adverbiales

7-13 Una bomba en el edificio El departamento de seguridad de la universidad acaba de recibir un mensaje anónimo diciendo que alguien colocó una bomba en la Facultad de Leyes. Lee el siguiente anuncio y escoge la forma correcta del verbo.

Nadie puede salir del edificio antes de que 1. ____________ (viene / venga) la policía. Ni siquiera pueden ir al baño a menos que 2. ____________ (sea / es) una emergencia. Los especialistas en explosivos van a llegar muy pronto ya que esto 3. ____________ (pasa / pase) con mucha frecuencia. Mientras ustedes 4. ____________ (esperan / esperen) pueden llamar a sus familiares. En cuanto yo 5. ____________ (tengo / tenga) más información les avisaré. Les recuerdo que no podrán salir hasta que la policía se lo 6. ____________ (permite / permita).

7-14 Soñar no cuesta nada Sabemos que no existe un sistema político ideal, sin embargo podemos soñar en un sistema más justo para el futuro. Completa el siguiente párrafo con la forma correcta del verbo entre paréntesis.

En un sistema ideal de gobierno no se debe encarcelar *(imprison)* a una persona a menos que 1. ____________ (haber) una justificación legal y los acusados deben tener un abogado a fin de que 2. ____________ (poder) defenderse. No se debe permitir que se interrogue a un sospechoso antes de que se le 3. ____________ (acusar) de algún crimen. Mientras 4. ____________ (esperar) a ser juzgado, el acusado debe ser tratado con respeto. Aunque después de que 5. ____________ (ser) declarado culpable se le debe respetar su dignidad como persona y tan pronto como 6. ____________ (quedar) libre se le debe integrar a la sociedad. La rehabilitación debe ser la meta principal del sistema de justicia se sabe que a veces 7. ____________ (dar) los resultados esperados. Finalmente, sabemos que 8. ____________ (tener) un sistema imperfecto y se cometerán errores.

7-15 La responsabilidad del defensor del ciudadano Completa las siguientes oraciones con la forma correcta del verbo entre paréntesis.

1. Hay que investigar los abusos de la policía para que (no repetirse) otra vez.

____.

2. Hay que hacer justicia antes que (haber) otros actos de violencia.

____.

3. El defensor del ciudadano debe actuar con transparencia si (ser) posible.

____.

4. Hay que actuar cuando (comprobarse) cualquier acto criminal.

____.

5. Lo justo es hacer algo tan pronto como (saberse) el fallo de la justicia.

____.

6. Mientras más transparencia se (conseguir) mejor se podrá hacer cumplir las leyes.

____.

7-16 Nunca faltan los disgustos Completa las siguientes oraciones. Primero escoge una conjunción adverbial y luego conjuga el verbo en paréntesis.

con tal de que   en caso de que   a menos que   antes de que   para que   mientras

1. Estás de vacaciones en Bolivia y pierdes todo tu dinero. ¿Qué haces?

   Llamo a mis padres ____________ me (mandar) ____________ más dinero.

2. Invitas a unos amigos a comer en un restaurante. Ellos no hablan español. ¿Qué haces?

   ____________ no (entender) ____________ el menú, lo traduzco.

3. Lees en el periódico que el gobierno va a eliminar las subvenciones *(subsidies)* para los alimentos. ¿Qué haces?

   ____________ suban los precios (comprar) ____________ comida para el mes.

4. Hay una huelga en el aeropuerto y tienes que salir hoy del país. ¿Qué haces?

   ____________ pueda salir del país (dormir) ____________ en el aeropuerto.

5. Por todo el país hay manifestaciones en apoyo a la oposición. ¿Qué opinas?

   ____________ no (haber) ____________ paz social continuarán las manifestaciones.

6. No creo que eso ocurra, ____________ (haber) ____________ más justicia.

CD3-18

7-17 La anatomía de una protesta Escucha cómo se organiza una protesta y escoge la frase que mejor complete la oración.

1. No se puede hacer una protesta…
   a. sin que hablen con la prensa.
   b. a menos que tienes una causa.
   c. a no ser que seas importante.

2. Se va a tener éxito con tal de que…
   a. se organice la prensa.
   b. se escriban pancartas.
   c. se organizan los manifestantes.

3. Es mejor designar un portavoz…
   a. en caso de que la prensa llegue.
   b. por miedo a que no hayan muchos manifestantes.
   c. aunque no lo necesitas.

4. La lista de exigencias es importante…
   a. con tal que no son muchas.
   b. siempre que estén bien escritas.
   c. aunque el gobierno las ignore.

5. Es mejor determinar qué tipo de protesta va a ser…
   a. a menos que no les importe.
   b. para que no traigan armas.
   c. hasta que entienden todos.

6. Hay que decir que no deben amenazar a los policías…
   a. en cuanto empiece la protesta.
   b. para cuando se organiza.
   c. luego que termine la protesta.

CD3-19

7-18 Protesta en la clase de lengua Unos estudiantes peruanos protestan cómo se conduce la clase de lenguas. ¿Cuáles son sus exigencias? Escoge de las cláusulas siguientes.

sin que de manera que hasta que a fin de que siempre que con tal que

1. No queremos exámenes ____________________ entendamos todo.
2. Demandamos que no pase una semana ____________________ nos traiga música.
3. Exigimos que nos dé 10 minutos de descanso ____________________ estemos relajados para continuar.
4. Prometemos respetar sus derechos ____________________ no se burle de nosotros.
5. Queremos tener clase sólo dos veces a la semana ____________________ podamos ir al cine.
6. Aceptamos las notas que nos dé ____________________ sean buenas.

Nombre ______________________________ Fecha ______________

Vocabulario II El derecho a la justicia

7-19 Definiciones Escoge la palabra o frase que mejor complete las siguientes oraciones.

1. Una persona que mata a alguien con premeditación es...
   - **a.** un juez.
   - **b.** un asesino.
   - **c.** un pandillero.
   - **d.** un preso.

2. Estafar a alguien significa...
   - **a.** quitarle dinero a alguien usando engaños *(tricks/deception)*.
   - **b.** usar la fuerza física para cometer un delito.
   - **c.** condenarlo a años de prisión.
   - **d.** dudar sobre su honestidad.

3. Sobornar a alguien significa...
   - **a.** declararlo inocente de una acusación.
   - **b.** sospechar de la inocencia de una persona.
   - **c.** darle dinero de manera ilegal para obtener algún beneficio.
   - **d.** pagarle una suma de dinero para que haga una tarea.

4. Alegar significa...
   - **a.** presentar argumentos en defensa de una causa.
   - **b.** hablar con alguien sobre política.
   - **c.** ponerle una multa a alguien.
   - **d.** denunciar a alguien.

5. Hostigar significa...
   - **a.** ayudar a alguien.
   - **b.** prometerle algo a alguien.
   - **c.** detener a alguien.
   - **d.** molestar a alguien.

6. Manejar ebrio significa...
   - **a.** manejar demasiado rápido.
   - **b.** manejar con muchos pasajeros.
   - **c.** manejar bajo la influencia del alcohol.
   - **d.** manejar sin licencia de conducir.

7-20 Un día en la sala del juez Pérez Escoge la palabra que tiene sentido según el contexto de la oración.

1. El abogado del (acusado / jurado) dijo que su cliente no había atracado a nadie.
2. El (demandante / desaparecido) asegura que el acusado lo atracó.
3. No solo asegura que lo atracó sino que también lo (hirió / sobornó) con un cuchillo.
4. Él (jura / denuncia) que dice la verdad.
5. El único testigo del caso (secuestró / desapareció) la semana pasada.
6. Al final, el juez declaró al sospechoso (justo / culpable).

7-21 Una película policíaca Leticia y Federico están hablando sobre una película. Completa el siguiente diálogo con la palabra apropiada.

metieron presos	secuestrar	cometer el delito	detuvo
estafar	una pandilla	detención	juicio

LETICIA: Me dicen que fuiste al cine anoche. ¿Qué viste?

FEDERICO: Vi una película policíaca malísima. Se trata de cómo

Nombre ______________________________ Fecha ______________

1. ____________ de jóvenes logra 2. ____________ a un juez en Guayaquil. No se sabe exactamente cuáles fueron los motivos por los cuales decidieron 3. ____________. Parece que el hijo del juez había querido 4. ____________ a su propio padre pero éste se dio cuenta y dio una orden de 5. ____________. Al final, la policía los 6. ____________ y después de un 7. ____________ muy corto los 8. ____________.

LETICIA: En realiad parece ser una historia muy aburrida.

7-22 **¿Qué opinas?** El periódico de tu universidad quiere publicar un artículo sobre lo que los estudiantes piensan sobre temas de actualidad. Contesta las siguientes preguntas.

1. ¿Qué se puede hacer para controlar las pandillas?
- **a.** Se puede crear más programas de prevención.
- **b.** Se pueda crear más programas de prevención.
- **c.** Se puede creer más programas de prevención.

2. ¿Cuáles son algunos de los argumentos a favor de la cadena perpetua?
- **a.** La cadena perpetua le dé seguridad a la sociedad sin quitar la vida a una persona.
- **b.** La cadena perpetua le da seguridad a la sociedad sin quitarle la vida a una persona.
- **c.** La cadena perpetua le dio seguridad a la sociedad sin quitarle la vida a una persona.

3. ¿Cómo se debe castigar a una persona que maneja ebria?
- **a.** La sociedad tiene que multarla.
- **b.** La sociedad tenga que multarla.
- **c.** La sociedad tener que multarla.

4. ¿Cuál es el castigo apropiado para una persona culpable de soborno?
- **a.** Hay que imponga una multa.
- **b.** Hay que impone una multa.
- **c.** Hay que imponerle una multa.

5. ¿Quién no debe participar en un jurado en un caso de pena de muerte?
- **a.** Creo que no debe participar personas con ideologías extremas.
- **b.** Creo que no deben participar personas con ideologías extremas.
- **c.** Creo que no debió participar personas con ideologías extremas.

6. ¿Por qué es importante que un jurado represente a los diferentes miembros de la comunidad?
- **a.** Es importante que el jurado representa a los diferentes miembros de la comunidad para que haya más posibilidad de justicia.
- **b.** Es importante que el jurado represente a los diferentes miembros de la comunidad para que hay más posibilidad de justicia.
- **c.** Es importante que el jurado represente a los diferentes miembros de la comunidad para que haya más posibilidad de justicia.

7. ¿Qué castigo se merece una persona que fuma en un lugar donde no se puede fumar?
- **a.** Se merezca una multa de cien dólares.
- **b.** Se merece una multa de cien dólares.
- **c.** Se mereces una multa de cien dólares.

8. ¿Cómo debemos compensar a una persona inocente que estuvo en la cárcel por cinco años?
- **a.** Hay que compensarlo con una suma dinero.
- **b.** Haya que compensarlo con un suma de dinero.
- **c.** Hay que compensemos con una suma de dinero.

Nombre ______________________________ Fecha ______________

CD3-20 **7-23 Una novela** Escucha lo que pasó en este capítulo de la novela *Casos de la vida real* y escoge la mejor respuesta.

1. El Sr. Raúl Villalobos es…
  a. el acusado.
  b. el demandante.
  c. el culpable.

2. Carina Cortés es…
  a. la demandante.
  b. la sospechosa.
  c. la falsificadora.

3. Don Francisco Villalobos es…
  a. el asesino.
  b. el sospechoso.
  c. la víctima.

4. Raúl Villalobos quiere…
  a. presentar una demanda.
  b. acusar a su padre.
  c. dispararle a Carina Cortés.

5. El cargo contra Carina será…
  a. hostigamiento.
  b. fraude.
  c. asesinato.

CD3-21 **7-24 ¿Qué pasa?** Escucha lo que está pasando en un programa de televisión, "Los días de nuestros crímenes", y explícaselo a un amigo contestando sus preguntas.

1. ¿Qué hace el vecino?

____

2. ¿Qué está tratando de hacer el muchacho?

____

3. ¿Qué es lo que va a hacer?

____

4. ¿Qué va a hacer la mujer?

____

5. ¿Por qué la arrestaron?

____

6. ¿Qué va a cometer?

____

Nombre ______________________________ Fecha ______________

Estructura y uso III El presente perfecto

7-25 Un reportaje Escoge la forma apropiada del verbo en paréntesis.

"Yo nunca 1. ____________ (he formado / ha formado) parte de ninguna pandilla", dijo ayer Abigael Pérez ante el juez del caso Miraflores. Aseguró que no 2. ____________ (he tenido / ha tenido) nada que ver con los acusados. "¿3. ____________ (Ha hablado / Han hablado) usted con los acusados en los últimos doce meses?", le preguntó el juez. "No, no lo 4. ____________ (he visto / hemos visto) en muchos años", contestó el presunto *(alleged)* colaborador. Hasta el momento no 5. ____________ (has habido / ha habido) ninguna prueba en contra de Abigail Pérez. Por lo tanto, no 6.____________ (ha sido / han sido) detenido.

7-26 No me puedo quejar Completa las siguientes oraciones con la forma correcta del presente perfecto.

1. ____________ (*yo:* trabajar) mucho este semestre. 2. ____________ (tener) clases muy difíciles. Pero no todo es trabajo, mis amigos y yo 3. ____________ (salir) mucho, 4. ____________ (ir) a la playa y de vez en cuando 5. ____________ (ver) una que otra película de acción. Lo que no 6. ____________ (poder) hacer es visitar a mi familia. Sin embargo, los 7. ____________ (llamar) todos los fines de semana. Como 8. ____________ (*yo:* decir) no todo es trabajo.

7-27 ¿Has pasado por las siguientes experiencias? Contesta las siguientes preguntas con la forma correcta del presente perfecto.

1. ¿Pagaste alguna vez una multa de tráfico? ¿cuándo? ¿por qué?

____

____

____

2. ¿Tuviste algún accidente de tráfico? Cuenta lo que pasó.

____

____

____

3. ¿Te estafaron alguna vez? Cuenta lo que pasó.

____

____

____

Nombre ______________________ Fecha ______________

4. ¿Viste recientemente alguna película en contra de la pena de muerte? Describe la trama. ¿Se deben hacer ese tipo de películas?

____

____

____

5. ¿Falsificaste alguna vez la firma *(signature)* de alguien? Cuenta lo que pasó. Si no lo has hecho nunca describe una circunstancia en que se justifica falsificar una firma.

____

____

____

6. ¿Te castigaron por algo que no hiciste? Cuenta lo que pasó.

____

____

____

7-28 **¿Qué has preguntado?** Escribe preguntas adecuadas para las siguientes respuestas usando los verbos siguientes. Usa la forma correcta del presente perfecto.

probar	estudiar	hacer	visitar
tener	leer	encantar	ver

1. ____

   Sí, pasé una semana en Guayaquil y otra en Quito hace dos años.

2. ____

   Sí, y nos gusta mucho, especialmente los mariscos.

3. ____

   Sí, antes de viajar a Ecuador leímos la biografía del presidente Correa.

4. ____

   No, no vimos las famosas tortugas de las islas Galápagos.

5. ____

   No, no tengo planes para regresar a Ecuador.

6. ____

   Sí, tomé unas clases de español antes de viajar al país.

7. ____

   Lo que nos encantó más fue la amabilidad de la gente.

8. ____

   En realidad no tuvimos ningún problema durante el viaje.

CD3-22 **7-29 Programas de televisión** Un(a) compañero(a) de cuarto trata de buscar un programa de televisión interesante y cambia de canales varias veces. Escucha la descripción de lo que ve en la televisión y escoge la mejor descripción.

1. ______
   a. Unos hombres se han disparado.
   b. Un hombre ha asesinado a otro.
   c. Un hombre ha denunciado a otro.
2. ______
   a. El policía ha multado a los muchachos.
   b. Un muchacho ha cometido un delito.
   c. Han cometido un delito.
3. ______
   a. Ella ha corrido hacia el banco.
   b. Ha matado a una persona en el banco.
   c. Han atracado un banco.
4. ______
   a. "Ella ha secuestrado a mi hijo."
   b. "Yo he detenido a mi hijo."
   c. "Nosotros hemos estafado al niño."
5. ______
   a. "Han acusado a una persona inocente."
   b. "Hemos llegado a un veredicto."
   c. "El juez no ha herido a nadie."
6. ______
   a. El conductor ha escrito una multa.
   b. El policía no ha aceptado el dinero.
   c. El conductor ha sobornado al policía.

CD3-23 **7-30 ¡Qué semana!** ¿Qué cosas negativas ha hecho esta persona toda la semana? Contesta las preguntas siguientes usando el presente perfecto.

1. ¿Qué ha hecho el lunes?

   ______________________________ ebrio.

2. ¿Qué le preguntó la esposa el martes?

   "¡¿ ______________________________ mi firma?!"

3. ¿Qué hizo Héctor el miércoles?

   Héctor ______________________________ algo en el Internet.

4. ¿Qué ha pasado el jueves?

   ______________ otro coche y ______________ daños.

5. ¿Qué le preguntó su hermano el viernes?

   "¡¿ ______________ la ropa que compraste a mi tarjeta de crédito?!"

6. ¿Qué diría Héctor sobre su fin de semana?

   "¡Yo ______________________________ nada!"

Nombre ______________________________ Fecha ______________

Impresiones 

¡A leer! Mueren jóvenes en incendio en Lima

Lee el siguiente reportaje periodístico sobre una catástrofe en Lima y luego haz la actividad de la sección **Después de leer** para verificar tu comprensión de la lectura.

Estrategia: Separando los hechos *(facts)* de las opiniones
Regresa a la página page 284 en el libro de texto y repasa la sección sobre esta estrategia de lectura.

Antes de leer Lee las siguientes oraciones e indica con una **H** si crees que es un hecho y una **O** si crees que es una opinión.

	H	O
1. Murieron 15 personas asfixiadas.	______	______
2. La catástrofe ocurrió a las 2 de la mañana.	______	______
3. Los accidentes de tráfico reflejan la falta de compasión de los conductores.	______	______
4. El no permitir la entrada de menores a los casinos es cuestión de sentido común.	______	______

A leer Ahora lee el reportaje con cuidado y trata de separar las opiniones de los hechos.

Por lo menos 15 jóvenes murieron asfixiados el viernes pasado en una lujosa *(fancy)* discoteca de Lima. Además de los muertos, docenas de personas resultaron heridas al tratar de escapar del incendio. Según información suministrada por la policía, el incendio empezó a eso de las dos de la mañana cuando un mesero colocó velas *(candles)* muy cerca de una botella de ron que inmediatamente explotó.

A pesar de ser un lugar muy conocido y frecuentado, el local funcionaba de manera ilegal. Según el director de policía: "La discoteca no tenía permiso para operar, ni medidas adecuadas de seguridad". Pedro Gutiérrez, uno de los sobrevivientes *(survivors)*, afirmó que "pocos segundos después de la explosión, la gente empezó a gritar y a tratar de salir rápidamente del edificio".

Esta tragedia ha causado gran impacto en la sociedad. Las imágenes que aparecieron en la televisión muestran a cientos de jóvenes heridos en espera de ayuda médica. La discoteca tenía capacidad para más de mil personas y ocupaba cuatro pisos de un edificio moderno de la calle Miraflores. El alcalde *(mayor)* de la ciudad dijo al canal nacional de televisión que además de personas, se encontraron dos leones muertos en el edificio. Parece ser que estos animales formaban parte de un espectáculo musical que se presentaba aquella noche.

La pregunta que nos planteamos es cómo es posible que un lugar tan lujoso y tan conocido no tenga la documentación legal para funcionar, ni las mínimas medidas de seguridad. ¿Quiénes son los responsables de esta tragedia? Esperamos que las autoridades puedan esclarecer *(clarify)* los hechos e implantar reglamentos *(rules)* que prevengan otra catástrofe similar.

Nombre ______________________________ Fecha ______________

Después de leer Lee las siguientes oraciones e indica si son ciertas **(C)** o falsas **(F).** Si la oración es falsa, corrígela.

1. Los jóvenes murieron al no poder salir de la discoteca. **C / F**

   ____.

2. Un mesero inició el incendio. **C / F**

   ____.

3. Un sobreviviente relata cómo reaccionó la gente después de la explosión. **C / F**

   ____.

4. Según el autor, no se puede explicar por qué este lugar no tenía sus permisos en regla. **C / F**

   ____.

5. El reportaje termina con una serie de recomendaciones para evitar este tipo de incidente en el futuro. **C / F**

   ____.

¡A escribir! Un accidente

El tema Como sabes, la función del reportaje es la de investigar, documentar e informar objetivamente. Acabas de leer sobre un incendio en Perú y ahora te toca a ti escribir un reportaje sobre algún accidente o incidente importante que hayas visto, o sobre el cual tienes suficiente información.

El contenido Antes de completar esta actividad regresa al libro de texto y lee otra vez la estrategia de escritura: las citas directas e indirectas. Luego escoge un incidente o algo que hayas visto o que conozcas bien. Haz una lista de los detalles que recuerdas sobre el incidente y ponlos en una hoja de papel.

ATAJO

Functions: Describing; Writing a news item
Vocabulary: Emotions; Media; Newsprint; People; Personality; Violence and working conditions
Grammar: Conjunctions, Verbs: indicative, subjunctive with conjunctions

El primer borrador Basándote en la información del **Contenido,** escribe en un papel el primer borrador de tu reportaje.

Revisión y redacción Ahora, revisa tu borrador y haz los cambios necesarios. Asegúrate de verificar el uso del vocabulario apropiado del **Capítulo 7,** las conjugaciones de los verbos, la ortografía y la concordancia. Cuando termines, entrégale a tu profesor(a) la versión final de tu reportaje.

Nombre ______________________ Fecha ______________

¡A pronunciar! Las consonantes "b" y "v"

CD3-24

Las consonantes **"b"** y **"v"** siempre se pronuncian igual en español. Se pronuncian como la **"b"** en inglés.

- Repite las palabras imitando la voz que oyes.

Bolivia	Venezuela
boicot	vencido
abuso	levantamiento
barbaridad	bienvenidos

- Repite las siguientes oraciones teniendo cuidado de pronunciar la **"b"** y la **"v"** igual.
  Venezuela y Bolivia están bastante separados.
  Organizaron un boicot debido al abuso de las empresas privadas.
  El pueblo unido, jamás será vencido.
  ¡Qué barbaridad! ¡Qué abuso!

- Repite este trabalenguas:
  Viviano Bóber bebe con un bobo *(drinks with a fool)*
  Y el bobo bebe vino
  Y el que bebe, es bobo vivo *(he who drinks is a living fool)*

Nombre ____________________ Fecha ____________

Autoprueba

CD3-25

I. Comprensión auditiva

Escucha el segmento de las noticias y decide si las oraciones son ciertas **(C)** o falsas **(F)**. Si la oración es falsa, corrígela.

1. El gobierno ecuatoriano creó una comisión para luchar en contra de la corrupción. **C / F**

______________________________.

2. La comisión tiene una docena de asistentes, un portavoz y el jefe es un juez. **C / F**

______________________________.

3. El juez Toledano no ha hecho ningún comentario sobre su nuevo puesto. **C / F**

______________________________.

4. El objetivo de la comisión, según el comunicado de la presidencia, es el de luchar por la dignidad del país. **C / F**

______________________________.

II. Vocabulario en contexto

Encuentra la mejor definición en la columna de la derecha.

1. amenazar _______
2. censurar _______
3. derrocar _______
4. discriminar _______
5. condenar _______
6. el daño _______
7. ebrio _______
8. el jurado _______
9. el fraude _______
10. el soborno _______

a. un mal sufrido por alguien
b. personas que componen un tribunal
c. dinero que se le da a alguien para conseguir algo
d. borracho
e. tratar a alguien de forma diferente a los demás
f. castigar a alguien por un crimen
g. prohibir publicación de información
h. destituir un gobierno
i. engaño
j. dar a entender que se quiere hacer un mal (intimidar)

III. Estructuras

A. El subjuntivo en cláusulas adjetivales

1. Soy una activista y conozco a mucha gente que…
a. trabaja para dar fin a la discriminación.
b. trabaje para dar fin a la discriminación.

2. ¿Conoces a dirigentes indígenas que…
a. sepan muy bien la situación del pueblo?
b. saben muy bien la situación del pueblo?

3. También tengo familiares que…
a. han participado en huelgas de hambre.
b. hayan participado en huelgas de hambre.

4. En mi opinión, en el momento hay diferentes organizaciones que…
a. sean capaces de representar nuestros intereses.
b. son capaces de representar nuestros intereses.

5. Tampoco creo que haya ninguna persona aquí que no…
a. está a favor de la causa.
b. esté a favor de la causa.

Nombre ______________________________ Fecha ______________

B. El subjuntivo en cláusulas adverbiales

Alerta roja. Lee el siguiente diálogo entre un militar y un estudiante. Los dos se encuentran en la Facultad de Ciencias durante una manifestación estudiantil. Escoge la forma apropiada del verbo entre paréntesis.

ESTUDIANTE: ¿Puede alguien salir del edificio antes de que 1. (llegue / llega) el ejército?

MILITAR: No, usted no puede salir de aquí a menos que 2. (tenga / tiene) un permiso especial.

ESTUDIANTE: Mientras 3. (esperemos / esperamos), ¿podemos usar nuestros celulares?

MILITAR: No, ya que eso no se 4. (permita / permite) en este tipo de emergencia. Tan pronto yo 5. (reciba / recibo) más información les avisaré.

C. El presente perfecto Llena los espacios con el presente perfecto de unos de los verbos de la siguiente lista.

sospechar castigar poder querer hacer

1. Hasta hoy el profesor Podestá no ____________________ establecer su inocencia.
2. Se dice que ____________________ de manera brutal a dos estudiantes.
3. El padre de uno de ellos ____________________ la denuncia ante las autoridades.
4. Desde hace años nosotros ____________________ que el profesor Podestá usa excesiva fuerza para castigar a sus alumnos.
5. El director de la escuela al igual que el jefe de seguridad de la escuela no ____________________ comentar sobre el caso.

IV. Cultura

¿Qué has aprendido en este capítulo sobre la cultura de Bolivia, Ecuador y Perú? Lee las siguientes oraciones y decide si son ciertas **(C)** o falsas **(F)**.

1. Cuzco fue la capital del imperio Inca. **C / F**
2. Francisco Pizarro fue rey de España durante la conquista de Perú. **C / F**
3. A la ciudad de Nazca se le conoce por las figuras que los indígenas dibujaron sobre la arena del desierto. **C / F**
4. Durante el siglo XIX Perú, Chile y Bolivia participan en la guerra del Pacífico. **C / F**
5. Evo Morales fue el primer presidente indígena de Bolivia. **C / F**

Nombre ______________________________ Fecha ______________

Capítulo 8 Las artes

Vocabulario I La expresión artística

8-1 ¿Estás seguro? A continuación tienes una serie de oraciones sobre diferentes aspectos de la expresión artística. Léelas e indica si son ciertas **(C)** o falsas **(F).** Si la oración es falsa, corrígela.

1. La cúpula es un término técnico que se usa en la arquitectura. **C / F**

   ____.

2. Los murales son un tipo particular de óleos sobre lienzo. **C / F**

   ____.

3. En general, las artesanías se elaboran a mano. **C / F**

   ____.

4. Las tallas en madera se pueden considerar como ejemplos de escultura. **C / F**

   ____.

5. La fachada de un edificio se refiere a la parte interior del mismo. **C / F**

   ____.

6. La acuarela es una pintura sobre papel con colores diluidos *(diluted)* en agua. **C / F**

   ____.

8-2 Buscar las definiciones Da una definición de las siguientes palabras.

1. desafiar ____.
2. la acuarelista ____.
3. apreciar ____.
4. el lienzo ____.
5. la muestra ____.
6. revelar un film ____.

8-3 La tradición y la artesanía Completa las siguientes oraciones con la forma correcta del verbo en presente de indicativo.

desafiar   romper   elaborar   moldear   simbolizar   datar de   apreciar   experimentar

Los artesanos (1) ______________ a mano sus artesanías. Muchos de ellos no (2) ______________ ni con técnicas ni con materiales nuevos. Quieren reproducir lo que han hecho los artesanos clásicos.

Nombre ______________________ Fecha ______________

Generalmente, ellos no (3) ____________ los modelos establecidos. No buscan (4) ____________ con la tradición. Como dijo Pedro Santiaguan: "Mi trabajo como tallador (5) ____________ la relevancia de la tradición".

Para algunos críticos no (6)____________ la técnica ni el valor estético de las artesanías. Para ellos este tipo de expresión (7) ____________ tiempos remotos y no entiende que un artesano que (8) ____________ una figura de un animal tiene también su valor cultural.

CD3-26 **8-4 ¿Qué necesito?** Este artista frustrado dice lo que necesita para continuar su trabajo. ¿Qué necesita?

1. ______________________________
2. ______________________________
3. ______________________________
4. ______________________________
5. ______________________________

CD3-27 **8-5 Un museo** Escucha la descripción de los siguientes artículos y decide qué dibujo está describiendo.

a. ____________

b. ____________

c. ____________

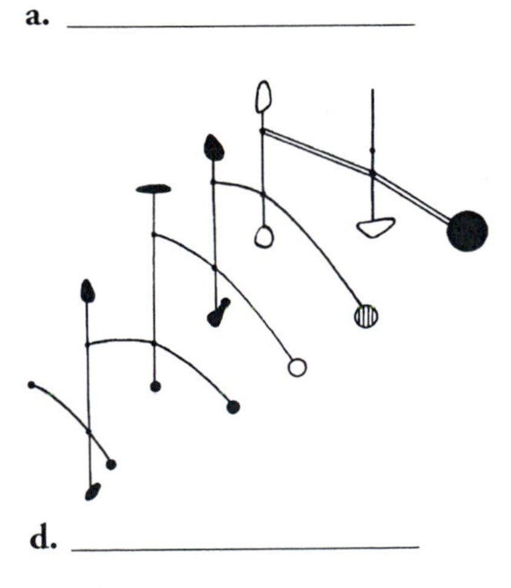

d. ____________

e. ____________

Nombre ______________________________ Fecha ______________

Estructura y uso I El imperfecto del subjuntivo

8-6 Recomendaciones de mi profesora de arte Lee los siguientes consejos de una profesora de arte y escoge la palabra que mejor complete la oración.

1. Ella me sugirió que _______ el museo de arte moderno.
   a. visitara
   b. visite
   c. visitará
2. También me dijo que _______ a la ciudad universitaria.
   a. iba
   b. fuera
   c. vaya
3. Me recomendó que _______ la arquitectura colonial.
   a. admira
   b. admire
   c. admirara
4. Me aconsejó que _______ los murales del palacio.
   a. viera
   b. vea
   c. veo
5. Luego, me invitó a que _______ un recorrido por el mercado de artesanías con ella.
   a. haga
   b. hiciera
   c. hago
6. Finalmente, me dijo que no me _______ por vencido.
   a. diera
   b. da
   c. daría

8-7 Un proyecto artístico Un dirigente cultural de una colonia de artistas habla sobre los problemas a los que se enfrenta. Llena el espacio en blanco con la forma correcta del imperfecto de subjuntivo.

No había en el país un pueblo que 1. _____________ (tener) más fama entre la comunidad artística. Íbamos a inaugurar un teatro en cuanto 2. _____________ (recibir) fondos del Ministerio de Cultura. Sentimos mucho que por cuestiones políticas no se 3. _____________ (poder) realizar este proyecto. No queríamos que nuestros amigos 4. _____________ (pensar) que nos habíamos dado por vencidos. Lo que pasó en realidad fue que el ministro de cultura no quería que nosotros 5. _____________ (ser) reconocidos como líderes en el campo de la cultura. En aquel entonces no había ningún otro grupo que 6. _____________ (saber) más que nosotros sobre el arte.

8-8 Los sueños y las pesadillas de un artista Un joven nos habla sobre sus esperanzas y sus preocupaciones. Llena los espacios con la forma correcta del imperfecto de subjuntivo.

Probablemente iría con unos compañeros a Venezuela para dedicarnos al arte si 1. _____________ (conseguir) dinero suficiente. Seríamos muralista, si 2. _____________ (poder) encontrar a alguien que nos apoyara. Personalmente me dedicaría a la fotografía si 3. _____________ (descubrir) que tengo talento. Haría lo que 4. _____________ (haber) que hacer para vivir como artista. Qué gusto me daría si 5. _____________ (saber) lo que traerá el futuro. Para mi sería una pesadilla si 6. _____________ (tener) que regresar a casa de mi familia. Sería devastador si ellos se 7. _____________ (dar) cuenta de mi fracaso como artista. Sería mejor que 8. _____________ (morir).

8-9 **Una conversación** Lee el siguiente diálogo entre dos amigos que hacen planes para ir a un concierto. Llena el espacio en blanco con la forma apropiada del indicativo o el subjuntivo del verbo entre paréntesis. ¡OJO! Es posible que tengas que usar el presente y el pasado de algunos verbos.

—Si yo 1. ____________________ (tener) tiempo, te llamo en la noche para ver si podemos ir al concierto con Tulio.

—Si él 2. ____________________ (ir) al concierto anoche, no va a ir hoy con nosotros.

—Creo que si él 3. ____________________ (conocer) mejor la música popular, iría a ver el espectáculo por segunda vez.

—Si él 4. ____________________ (entender) mejor la música de Shakira, sería más fácil convencerlo.

—Si 5. ____________________ (ser) todo tan fácil, no te hubiera llamado.

—Claro que si te 6.____________________ (enojar) no voy.

CD3-28 **8-10** **La pasé bien.** Escucha cómo Carlos le cuenta a sus padres de su visita a un amigo en Colombia y decide si las oraciones son ciertas **(C)** o falsas **(F).**

1. Antonio insistió en que usara español solamente. **C / F**
2. Le dijo a Carlos que fuera a los carnavales que son los mejores del mundo. **C / F**
3. Le dijo que era importante que visitara el museo del oro. **C / F**
4. Le pidió que comiera un plato que hacía su madre. **C / F**
5. Le recomendó que hiciera un viaje a Bogotá. **C / F**
6. Le dijo que había galerías de arte muy buenas. **C / F**

CD3-29 **8-11** **La arquitectura en Colombia** Escucha todos los lugares que le gustaría visitar en Colombia. Llena los espacios en blanco con el imperfecto del subjuntivo.

1. Si ____________________ iría al Museo del oro.
2. Si ____________________ lo vería por dentro.
3. Si no ____________________ probaría las paredes de sal.
4. Si no ____________________ las examinaría de cerca.
5. Si ____________________ pintaría un mural.
6. Si ____________________ sacaría una foto de la vidriera.

Nombre ______________________ Fecha ______________

Estructura y uso II Pronombres relativos

8-12 En una librería Dos compañeros de clase se encuentran en una librería y hablan sobre sus gustos. Escoge el pronombre relativo apropiado para cada oración.

1. El libro (que / quien) me regalaste me gustó mucho.

   ____.

2. El hombre (en que / que) lo escribió fue mi profesor de teatro.

   ____.

3. Aquí está la sección de drama clásico (que / de la que) nos habló el maestro.

   ____.

4. Prefiero las tragedias (en las que / con quien) tratan con el dolor humano.

   ____.

5. Mi amiga Patricia, (la que / con quien) hablaste en la fiesta, se especializa en tragedias.

   ____.

6. Tu amiga Patricia, ¿es ella (la que / de la que) vive con Juan?

   ____.

8-13 Dificultades con mi clase de literatura Un estudiante comenta sobre las dificultades que tiene con sus lecturas en la clase de literatura. Completa las siguientes oraciones con el pronombre relativo apropiado. ¡OJO! En algunos casos tendrás que usar una preposición o un pronombre relativo.

No comprendo lo 1. ____________ el autor de esta novela quiere comunicar.

Esta obra es la 2. ____________ me recomendó mi compañero de clase.

El compañero, 3. ____________ hablé ayer, me dio una recomendación.

La recomendación 4. ____________ me dio no tiene ningún sentido.

¿Dónde estará el asistente del profesor 5. ____________ le asignaron esta clase de literatura?

No sé lo 6. ____________ quieras preguntar pero él nunca sabe nada de nada.

8-14 Una conversación Llena los espacios con el pronombre relativo apropiado. ¡OJO! En algunos casos tendrás que usar una preposición o un pronombre relativo.

TERE: ¿Qué te dijo el profesor de arte?

MAURO: No entendí muy bien 1. ________________ me dijo.

TERE: Pero, ¿fuiste a ver las obras de Botero en el museo?

MAURO: Sí, fui al museo 2. ________________ él me recomendó.

TERE: ¿Hablaste con él después de la visita?

MAURO: No, pero su asistente 3. ________________ hablé me dijo que no había necesidad.

TERE: ¿Qué tienes que hacer ahora?

MAURO: 4. ________________ tengo que hacer es escribir un ensayo sobre el pintor.

TERE: ¿Y qué opinas sobre la obra del colombiano?

MAURO: Bueno, Botero es un artista 5. ________________ domina el volumen.

TERE: 6. ________________ quiere decir es que te gustó ¿verdad?

Nombre ______________________________ Fecha ______________

8-15 Rómulo Gallegos Para aprender sobre este escritor venezolano, llena los espacios en blanco con los pronombres relativos correspondientes (Recuerda que los pronombres incluyen formas como **que, quien, el/la que, cuyo[a]**, etc.).

El novelista Gallegos, 1. ____________ nombre completo es Rómulo Gallegos, nació en Caracas el 2 de noviembre de 1884. Rómulo Gallegos 2. ____________ novelas son mundialmente famosas, es quizás el intelectual y político más conocido de Venezuela. En sus obras, en las 3. ____________ recrea la personalidad de la cultura venezolana, también evoca el paisaje y la naturaleza salvaje del país. Su novela maestra, *Doña Bárbara*, 4. ____________ personaje principal representa el llano venezolano es considerada una obra maestra de la literatura. El escritor venezolano fue un gran hombre 5. ____________ presencia continuará siendo viva en la cultura del continente y 6. ____________ obra continuará viva en el mundo.

CD3-30

8-16 Problemas de artistas Escucha los problemas de algunos artistas y exprésalos en otras palabras escogiendo el pronombre que mejor une las frases.

1. La pintura al óleo _______ es más cara.
   a. donde todos pintan
   b. que es más resistente
   c. en la cual muchos pintan

2. Las cúpulas _______ son difíciles.
   a. en las cuales trabajan los artistas
   b. quienes trabajan los artistas
   c. con las que trabajan los artistas

3. La artesanía _______ no se vende en tiendas grandes.
   a. con que trabajan muchos artistas locales
   b. a quien dependen muchos artistas locales
   c. de la cual dependen muchos artistas locales

4. Botero _______ eclipsa a otros artistas.
   a. lo que lo hace famoso
   b. cuyas obras son muy famosas
   c. a quien lo hace famoso

5. Los fotógrafos _______ no les gusta usar rollos de película.
   a. los cuales les gusta más la tecnología
   b. que prefieren el blanco y negro
   c. a quienes no les gusta perder el tiempo

6. _______ los artistas es romper con la tradición.
   a. Lo que quieren hacer
   b. Los cuales quieren
   c. A quienes les gusta

CD3-31

8-17 Estudiantes de arte Escucha lo que hicieron estos estudiantes de arte en la Universidad de los Andes en Venezuela. Luego selecciona el pronombre relativo necesario para completar la oración.

1. Paula Acosta, ____________, es su profesora favorita.
2. Andrés Matute, ____________, es su profesor.
3. El profesor, ____________, le paga muy bien.
4. El profesor Gabriel García, ____________, le dio una buena recomendación.
5. ____________ más le gusta a Guillermo Matías de las artes plásticas es la escultura.
6. Los profesores de la Universidad de los Andes dicen que ____________, tendrá buen resultado.
7. ____________ disfrutan la naturaleza, tendrán mejores resultados.

a. Lo que
b. bajo el cual trabajó por tres años
c. para el cual trabaja de asistente
d. Los que
e. a quien le dedicó su primera obra
f. el que trabaja mucho
g. de quién aprendió muchas técnicas modernas

Nombre ______________________________ Fecha ______________

Vocabulario II El mundo de las letras

8-18 **Sinónimos** Escoge la palabra o frase que tenga el mismo significado que la palabra subrayada.

1. Rómulo Gallegos es un renombrado escritor venezolano.
   - **a.** famoso
   - **b.** desconocido
   - **c.** ignorado
2. Su novela más conocida relata la historia de una mujer indomable.
   - **a.** publica
   - **b.** cuenta
   - **c.** dibuja
3. La protagonista de la obra es uno de los nombres más conocidos en la literatura.
   - **a.** el personaje principal
   - **b.** el personaje secundario
   - **c.** el personaje ficticio
4. García Márquez escribió una novela sobre la vida cotidiana.
   - **a.** de todos los días
   - **b.** de los ricos
   - **c.** de los campesinos
5. La historia transcurre durante la época colonial.
   - **a.** va más allá
   - **b.** se refiere
   - **c.** pasa
6. El prestigio de los escritores sudamericanos transciende fronteras.
   - **a.** La fama
   - **b.** La publicación
   - **c.** La ficción

8-19 **Aspectos de la literatura** Completa las siguientes oraciones con la palabra apropiada de la lista.

traducido inesperado inspiración imaginación prestigio tradición oral

La literatura venezolana goza de mucho 1. ____________. Muchas de las obras más importantes se han 2. ____________ a muchos idiomas entre otros el inglés. La naturaleza y la historia del país sirven de 3. ____________ para muchos de sus escritores. La cultura popular tiene una larga 4. ____________, o sea, que las historias pasan de boca en boca. Podemos afirmar que el denominador común es el uso de 5. ____________ para crear un imaginario único. En esta literatura siempre se puede encontrar lo 6. ____________, o sea, lo que nos sorprende.

Nombre ______________________ Fecha ______________

8-20 **Encuesta** Contesta las siguientes preguntas. Aquí tienes una lista de palabras que te pueden ayudar.

el estilo	tienen criminales y policías	Gabriel García Márquez
Blanca Nieves	el cuento	Don Quijote de la Mancha

1. ¿Cómo se llama el escritor colombiano que ganó el Premio Nobel de Literatura?

   ______________________________.

2. ¿Cuál es el género literario que más te gusta?

   ______________________________.

3. ¿Cuál es tu cuento de hadas favorito?

   ______________________________.

4. ¿Cómo se llama el/la protagonista de alguna novela famosa que hayas leído?

   ______________________________.

5. ¿Cuál es la característica principal de una obra maestra?

   ______________________________.

6. ¿Qué personajes y situaciones vemos generalmente en las novelas policíacas?

   ______________________________.

CD3-32

8-21 **¿Qué es esto?** Escucha la narración de varios ejemplos de modos literarios. ¿Puedes identificar lo que son? Selecciona la mejor respuesta.

1. **a.** Esto es ironía.
   b. Esto es una metáfora.
   c. Esto es una aventura.

2. **a.** Esto es una narrativa.
   b. Esto es sátira.
   c. Esto es una rima.

3. **a.** Esto es una metáfora.
   b. Esto es un símil.
   c. Esto es un verso.

4. **a.** Esto es ficción.
   b. Esto es un mito.
   c. Esto es una tragedia.

5. **a.** Los animales son los lectores.
   b. Las personas son las protagonistas.
   c. Los animales son los narradores.

CD3-33

8-22 **¿Qué es?** Escucha un poco de la trama de cada narración y decide qué género literario es.

1. ______________
2. ______________
3. ______________
4. ______________
5. ______________

a. una novela policíaca
b. un cuento de hadas
c. una novela rosa
d. una épica
e. una leyenda

Nombre ______________________________ Fecha ______________

Estructura y uso III El pluscuamperfecto

8-23 Antes de cumplir 21 años Escoge la forma correcta del pluscuamperfecto para decir qué había hecho Lucía antes de cumplir 21 años.

1. Ya (había terminado / he terminado) la universidad.

______________________________.

2. Ya (hube comprado / había comprado) mi primer automóvil.

______________________________.

3. Mi novio y yo (había ido / habíamos ido) de vacaciones a Santa Marta.

______________________________.

4. Ya mis hermanos (se habían mudado / había mudándose) de casa de mis padres.

______________________________.

5. Ya yo (habíamos cobrado / había cobrado) mi primer cheque.

______________________________.

6. Mis padres (había celebrado / habían celebrado) sus bodas de plata *(silver wedding anniversary)*.

______________________________.

8-24 Un malentendido Completa el siguiente diálogo con el pluscuamperfecto del verbo apropiado.

venirse esperar hablar llamar tratar hacer

LUCY: ¿Podemos hablar de lo que pasó? ¿Por qué no me diste una explicación?

RICARDO: Porque no (1) ______________ nada malo.

LUCY: ¿Por qué estabas tan enojado?

RICARDO: Pues porque te (2) ______________ más de una hora y no llegabas.

LUCY: Pasé a buscarte a casa pero no te encontré.

RICARDO: Claro, ya (3) ______________ a la fiesta.

LUCY: ¿No pudiste dejarme algún mensaje en tu casa?

RICARDO: No, porque antes de salir de casa ya (4) ______________ contigo por teléfono.

LUCY: ¿Y por qué no me llamaste otra vez?

RICARDO: Porque ya te (5) ______________. Una vez es suficiente.

LUCY: ¿(6) ______________ de explicármelo antes? ¡Verdad qué no!

Nombre ______________________________ Fecha ______________

8-25 Alguien muy especial Completa las siguientes oraciones.

EJEMPLO Antes de los 4 años…
Antes de los 4 años ya yo había aprendido a montar en bicicleta.

1. Antes de los cinco años…

______________________________.

2. Antes de los diez años…

______________________________.

3. Antes de los quince años…

______________________________.

4. Antes de terminar la secundaria…

______________________________.

5. Antes de entrar a la universidad…

______________________________.

6. Antes de poder votar en las elecciones…

______________________________.

8-26 Un anécdota Completa esta anécdota con la forma correcta del pluscuamperfecto. Aquí tienes una lista de verbos que te pueden ayudar.

llevar estar dejar tener decir hacer traer

Llegamos a nuestro hotel a eso de la medianoche. Tan pronto entramos a la habitación me di cuenta que no tenía mi cartera. Busqué por todas partes. Estaba casi segura de que la 1. ____________ sobre la mesita de noche antes de salir. Alguien se la 2. ____________. Sé que mi esposo me 3. ____________ que no dejara nada de valor en la habitación. Simplemente, se me olvidó. Me puse a pensar todo lo que 4. ____________ durante el día antes de regresar al hotel. Al final, recordé que 5. ____________ en la terraza antes de salir. Fui a buscarla y allí estaba sobre la mesa. Desde hace mucho tiempo no 6. ____________ tanto miedo.

CD3-34

8-27 Cámbialo otra vez Escucha las quejas de este estudiante sobre los comentarios del profesor sobre su trabajo *(paper)*. El estudiante insiste en que ya había hecho todas esas correcciones.

¿De qué se queja el estudiante?

1. Sobre la descripción…
   - **a.** ya la había cortado.
   - **b.** ya la había eliminado.
   - **c.** ya la había aumentado.

2. Sobre la introducción…
  a. ya la habían leído.
  b. ya la había escrito.
  c. ya la había arreglado.

3. Sobre el trabajo…
  a. ya había añadido más realismo.
  b. ya había leído más realismo.
  c. ya había estudiado más realismo.

4. Sobre la narración…
  a. ya la había hecho más larga.
  b. ya la había hecho más corta.
  c. ya la había hecho más interesante.

5. También sobre la narración…
  a. ya había introducido la narración.
  b. ya había reducido la narración.
  c. ya había experimentado con la fantasía.

6. Su queja *(complaint)* es que…
  a. el profesor no le había gustado su trabajo.
  b. el profesor no había leído su trabajo.
  c. el profesor había criticado demasiado su trabajo.

CD3-35 **8-28 Antes de ir a la universidad** Escucha lo que dice este estudiante sobre las cosas que no sabía antes de ir a estudiar a la universidad.

EJEMPLO *Tú escuchas:* Antes de estudiar en la universidad, nunca viajé a los Estados Unidos.
Tú escribes: Nunca **había viajado** a los Estados Unidos.

Antes de ir a la universidad…

1. Nunca ____________________ *Cien años de soledad.*

2. No ____________________ las obras de Gabriel García Márquez.

3. No sabía que ____________________ un Premio Nobel.

4. Nunca se ____________________ los géneros literarios.

5. Nunca ____________________ el deseo de leer obras maestras.

6. Su profesor le ____________________ que le iba a gustar la literatura.

Nombre ______________________________ Fecha ______________

Impresiones 

¡A leer! Nueva revista para jóvenes

Lee el siguiente artículo sobre el lanzamiento de una nueva revista en Colombia y luego haz la actividad de la sección **Después de leer** para verificar tu comprensión de la lectura.

Estrategia: Reconocer la función de una palabra como indicio de su significado
Regresa a la página page 324 en el libro de texto y repasa la sección sobre esta estrategia de lectura.

Antes de leer Lee las siguientes oraciones e identifica el sujeto, el verbo y los complementos.

1. La revista va dirigida a la juventud colombiana.

____.

2. Los interesados pueden enviar sus poemas por correo electrónico.

____.

3. El Dr. Rodríguez Infante, en su discurso, explicó el porqué del nombre *Abecedario.*

____.

A leer Lee el artículo con cuidado.

Ayer en la tarde, en la biblioteca Miguel Ángel Arango, se anunció el lanzamiento de *Abecedario. Abecedario* es un semanario de información cultural editado en Bogotá y dirigido por el Dr. Pedro Rodríguez Infante. La revista va dirigida a la juventud colombiana y busca informar y educar a una nueva generación de lectores sobre temas de actualidad cultural, tanto en las artes como en todo tipo de expresión artística. El Dr. Rodríguez Infante, en su discurso, explicó el porqué del nombre *Abecedario.* Según el reconocido periodista, el abecedario es como un gran rompecabezas *(puzzle)* que con escasas veintisiete piezas, puede crear una serie infinita de posibilidades de comunicación. Lo que la revista busca, apuntó, "es exactamente eso: crear la posibilidad de comunicación para los jóvenes que se interesen por la cultura y el arte".

La revista quiere presentar de forma imaginativa y bella el mundo de las palabras y las imágenes a un público joven e inexperto. Otra de sus finalidades es la de promover el conocimiento de la cultura y el arte colombiano contemporáneo. Además de artículos y ensayos escritos por especialistas, la revista tendrá una sección especial dedicada a los nacientes poetas menores de veinte años. La poesía, nos explica el editor, "será la puerta de entrada para muchos jóvenes al fascinante mundo de la cultura" y agrega más tarde, "no queremos que sólo sean consumidores sino también creadores".

Los interesados pueden enviar sus poemas a nuestro correo electrónico.

Nombre ______________________________ Fecha ______________

Después de leer Lee las siguientes oraciones e indica si son ciertas **(C)** o falsas **(F).** Si la oración es falsa, corrígela.

1. En el contexto del artículo, lanzamiento significa publicar por primera vez una revista. **C / F**

   ______________________________.

2. La revista está diseñada para atraer el interés de los conocedores *(experts)* del arte y la cultura. **C / F**

   ______________________________.

3. El título de la revista quiere capturar el tono y la intención de la publicación. **C / F**

   ______________________________.

4. Otro objetivo de la revista es el de promover el análisis de los medios masivos de comunicación. **C / F**

   ______________________________.

5. La publicación de poemas va a jugar un papel importante en la revista. **C / F**

   ______________________________.

¡A escribir! Un poema libre

El tema Tú quieres ser uno de los primeros en enviar un poema a la revista *Abecedario.* Escribe un poema corto sobre un tema libre. Si necesitas ayuda, ve al libro de texto y usa la información de la sección **La expresión poética: pintando con palabras** como guía.

El contenido Antes de completar esta actividad regresa al libro de texto y lee otra vez la estrategia de escritura: La descripción y el lenguaje descriptivo. Por ejemplo, piensa en un lugar que te guste y que conozcas bien. Escribe cinco características de este lugar. Cada una de ellas debe ayudarle al lector a comprender por qué te gusta tanto ese lugar.

____

____

____

____

ATAJO

Functions: Describing
Vocabulary: Animals; Emotions; People; Personality
Grammar: Adjectives: agreement and placement; Adverbs; Verbs: *if* clauses

El primer borrador Basándote en la información del **Contenido,** escribe en un papel el primer borrador de tu poema.

Revisión y redacción Ahora, revisa tu borrador y haz los cambios necesarios. Asegúrate de verificar el uso del vocabulario apropiado del **Capítulo 8,** las conjugaciones de los verbos, el uso de adjetivos y la concordancia. Cuando termines, entrégale a tu profesor(a) la versión final de tu poema.

Nombre ______________________ Fecha ______________

CD3-36

¡A pronunciar! Silabeo

Para pronunciar bien las palabras debemos saber qué sonidos van juntos, y cuáles debemos separar. ¿Debemos separar en dos sílabas la palabra "bien"? Si la **"i"** y la **"u"** están unidas a otra vocal, no se deben separar, excepto cuando lleva acento La **"a"**, la **"e"** y la **"o"** son vocales fuertes y deben separarse. (Note that Spanish prefers "open" syllables, i.e., those that end in a vowel [e.g., ma-ni-pu-lar]. Spanish will also typically try to keep most clusters of consonants separated [e.g., es-té-ti-ca]).

- Escucha y repite las siguientes palabras de una sílaba:
  bien
  cual
  cien
- Escucha y repite las palabras de dos sílabas:
  pincel — pin-cel
  vidrio — vi-drio
  sombra — som-bra
- Escucha y repite las palabras de tres sílabas:
  arcilla — ar-ci-lla
  vidriera — vi-drie-ra
- Escucha y repite las palabras de cuatro sílabas:
  manipular — ma-ni-pu-lar
  estética — es-té-ti-ca
  moldearlas — mol-de-ar-las
- Escucha las siguientes palabras y decide cuántas sílabas tienen.

1.	una	dos	tres	cuatro
2.	una	dos	tres	cuatro
3.	una	dos	tres	cuatro
4.	una	dos	tres	cuatro
5.	una	dos	tres	cuatro
6.	una	dos	tres	cuatro
7.	una	dos	tres	cuatro
8.	una	dos	tres	cuatro

- Los poemas cinquain que aprendiste a escribir en este capítulo no requieren un número específico de sílabas, pero los sonetos, por ejemplo, sí. ¿Cuántas sílabas tienen estos versos de un soneto de Gabriel García Márquez? Recuerda que tienes que unir las vocales.
  Al pasar me saluda y tras el viento
  Que da el aliento a su voz temprana

Nombre ______________________ Fecha ______________

Autoprueba

I. Comprensión auditiva

CD3-37

Escucha el reporte sobre los mejores ejemplos de arte religioso en Colombia e indica si las siguientes oraciones son ciertas **(C)** o falsas **(F)**. Si la oración es falsa, corrígela.

1. Expertos de cuatro ciudades de Colombia seleccionaron los mejores ejemplos de arte religioso en Colombia. **C / F**

   ____.

2. En primer lugar se encuentra una iglesia en la ciudad de Bogotá conocida por sus obras de arte moderno. **C / F**

   ____.

3. Una custodia es una pieza de oro u otro metal precioso que se usa para exponer la hostia sagrada. **C / F**

   ____.

4. La iglesia que ocupa el tercer lugar es famosa por la arquitectura del templo y sus pinturas. **C / F**

   ____.

5. La talla en madera de la iglesia en Popayán es una pintura. **C / F**

   ____.

II. Vocabulario en contexto

¿Qué recuerdas sobre las artes plásticas y la literatura? Encuentra la mejor definición en la columna de la derecha.

1. la leyenda _______
2. el lienzo _______
3. renombrado _______
4. el homenaje _______
5. tallar _______
6. apreciar _______
7. el mármol _______
8. la acuarela _______
9. el pincel _______
10. la ironía _______

a. tela preparada para pintar sobre ella
b. pintura sobre papel con colores diluidos en agua
c. instrumento utilizado para pintar
d. piedra caliza que se usa en la escultura
e. burla fina y disimulada
f. persona célebre
g. narración de sucesos maravillosos que no son históricos o verdaderos
h. acto que se celebra en honor de una persona
i. elaborar cuidadosamente una obra de arte usando madera u otros materiales
j. valorar algo

III. Estructuras

A. El imperfecto del subjuntivo Completa los espacios con la forma correcta del verbo.

Cuando era más joven…

Mis padres insistían en que yo 1. _____________ (tomar) clases de arte o baile.

Era necesario que mi hermana y yo 2. _____________ (ir) juntos a las clases.

No había ninguna clase que me 3. _____________ (interesar).

Nosotros teníamos que asistir para que papá nos 4. _____________ (dar) dinero para nuestros gastos.

Yo necesitaba el apoyo de alguien que me 5. _____________ (poder) ayudar, pero no había nadie.

B. Pronombres relativos

La visita a una exhibición de arte Escoge el pronombre relativo apropiado a cada oración.

1. No entiendo lo (que / quien) Botero busca expresar en esta pintura.
2. Y es precisamente la (quien / que) recomienda la guía del museo.
3. He debido hacerle caso a mi compañero con (quien / cual) hablé ayer. Él me dijo que no valía la pena.
4. (La que / Lo que) no entiendo es por qué es tan famosa.
5. (Quien / Los que) escribieron la guía del museo no entienden de arte.

C. El pluscuamperfecto

Sergio Gamboa Para conocer mejor la vida de este escritor colombiano, llena los espacios en blanco usando la forma apropiada del pluscuamperfecto.

Este escritor 1. _____________ (vivir) en Bogotá antes de viajar a Madrid en 1985. Cuando cumplió los 19 años ya 2. _____________ (escribir) sus primeros cuatro relatos. Según relata en una entrevista, él 3. _____________ (sentir) mucha timidez al empezar a esos cuentos. También recuerda que el acto de escribir le 4. _____________ (causar) placer. Desde aquel momento supo que sería escritor. Para 1993 5. _____________ (terminar) su primera novela *Páginas de vuelta.*

IV. Cultura

¿Qué has aprendido en este capítulo sobre Colombia y Venezuela? Lee las siguientes oraciones y decide si son ciertas **(C)** o falsas **(F)**.

1. Doña Bárbara es una renombrada novela colombiana. **C / F**
2. Gabriel García Márquez es el autor de *Cien años de soledad.* **C / F**
3. El colombiano Fernando Botero es uno de los mejores pintores de América. **C / F**
4. La ciudad universitaria de Bogotá es uno de los mejores ejemplos de arquitectura moderna. **C / F**
5. La palabra Venezuela está asociada a la ciudad de Venecia en Italia. **C / F**

Nombre ______________________________ Fecha ______________

Capítulo 9 La tecnología

Vocabulario I Los inventos de ayer y hoy

9-1 ¿Qué es? Escoge la palabra correcta para completar las siguientes oraciones.

patente	imaginable	usuario	novedoso	inútil	indispensable
anticuado	potente	transbordador espacial	inventar	fabricar	almacenar

1. Algo que pasó de moda es algo

   ______________________.

2. Un programa que ya no se puede usar más es un programa

   ______________________.

3. Algo que es muy reciente es algo muy

   ______________________.

4. Documento en que oficialmente se le reconoce a alguien una invención y los derechos que de ella se derivan

   ______________________.

5. Una aeronave que se usa para viajes al espacio

   ______________________.

6. Descubrir algo nuevo o no conocido es

   ______________________.

9-2 ¿Qué significa todo esto? Un amigo está un poco confundido con algunos términos que se usan al hablar de la tecnología y las comunicaciones. Empareja la palabra de la lista con su definición.

contraseña el reproductor herramienta inalámbrico la pila bajar usuario

1. Instrumento con que trabajan los artesanos ______________
2. Persona que tiene derecho a utilizar algo ______________
3. Palabras o signos secretos que nos da acceso a algún lugar ______________
4. Sistema de comunicación sin alambres conductores ______________
5. Indica la transferencia de información de una computadora remota a nuestra computadora personal

   ____

6. Un dispositivo que se usa para escuchar un MP3, por ejemplo ______________
7. Un dispositivo que usamos para dar energía a nuestros aparatos eléctricos portátiles

   ____

Nombre ______________________________ Fecha ______________

9-3 **Buscar las definiciones** Da una definición de las siguientes palabras.

1. fabricar ______________________________
2. un auto híbrido ______________________________
3. la píldora anticonceptiva ______________________________
4. almacenar ______________________________
5. descabellado ______________________________
6. bajar ______________________________

CD4-2

9-4 **Invenciones** Escucha las siguientes descripciones y di de qué invención se trata. Escoge de la siguiente lista.

helicóptero	marcapasos	pila	anestesia	píldora anticonceptiva	la rueda
la cerilla	el inalámbrico	digitalizar	descabellado	recargador	potencia

1. ______________________________
2. ______________________________
3. ______________________________
4. ______________________________
5. ______________________________
6. ______________________________

CD4-3

9-5 **Problemas** Escucha lo que le pasa a Humberto y di cuál es el problema.

Tú escuchas: Tengo el teléfono en una mano y varias cosas qué hacer que requieren dos manos.
Tú escribes: Necesito un **auricular manos libres.**

1. Humberto no pudo ______________ el ensayo.
2. No puede recordar su ______________.
3. Dejó el ______________ en su casa.
4. El ______________ de CD dejó de funcionar.
5. Quiere un servicio de Internet de______________.
6. Quiere aprender a usar otro ______________ que es gratis.

Nombre ______________________ Fecha ____________

Estructura y uso I El presente perfecto del subjuntivo

9-6 Puede ser posible. Completa las siguientes oraciones con la forma correcta del presente perfecto del subjuntivo.

EJEMPLO El gobierno de Argentina regaló una computadora a cada persona menor de 25 años.
No creo que **hayan regalado una computadora a cada persona menor de 25 años.**

1. El Ministerio de Agricultura de la Argentina inventó un método para fabricar carne en el laboratorio.
   Dudo que ______________________.
2. El argentino Bernandro Alberto Houssay contribuyó más al desarrollo de la medicina en Argentina que ninguna otra persona.
   Es posible que él ______________________.
3. El uruguayo, Rafael Guarga, fue uno de los primeros en el mundo en inventar un método para evitar que las frutas se congelen en el invierno.
   Es muy probable que él ______________________.
4. Argentina apoyó el desarrollo de la ciencia y la medicina durante este siglo.
   Puede ser que Argentina ______________________.
5. La crisis económica afectó profundamente el desarrollo científico de los países del Cono Sur.
   Espero que la crisis económica no ______________________.
6. Muchos de los científicos más calificados se fueron a trabajar al extranjero.
   Me sorprende que ______________________.

9-7 No puedo creer. Completa los espacios en blanco con el presente perfecto del subjuntivo de uno de los siguientes verbos.

aprender   actuar   hacer   ir   pensar   mentir

1. Espero que ______________ bien en lo que le vas a decir a tu padre.
2. No puedo creer que ______________ de una manera tan tonta.
3. Es imposible imaginarse que tú y tu hermano no ______________ a hablar con él inmediatamente.
4. Espero que ustedes ______________ la lección.
5. Me entristece *(It makes me sad)* saber que ustedes nos ______________.
6. Ojalá no ______________ ninguna otra barbaridad.

9-8 ¿Indicativo o subjuntivo? Escribe la forma correcta del indicativo o subjuntivo.

1. Yo nunca ______________ (entender) las finanzas de la empresa.
2. Mi jefe me dice que es una pena que no ______________ (estudiar) economía en la universidad.

Nombre ______________________ Fecha ______________

3. De verdad, hasta el momento no ______________ (tener) ningún problema en mi trabajo por esta razón.

4. Yo siempre ______________ (hacer) lo que me piden.

5. Ojalá que mi jefe no le ______________ (decir) al dueño de la empresa.

6. Siempre me ______________ (llevar) bien con él.

CD4-4

9-9 Problemas con computadoras Escucha todos los problemas que tiene esta persona y decide cuál es la reacción lógica de su amigo.

1. ______
   - **a.** Me alegro que no hayas tenido problemas.
   - **b.** Me alegro que no hayas comprado una computadora.
   - **c.** Me alegro que no tuviste problemas ayer.

2. ______
   - **a.** Es malo recibir mensajes de amigos.
   - **b.** No me sorprende que no lo hayas abierto.
   - **c.** Me sorprende que lo hayas abierto.

3. ______
   - **a.** Es increíble que hayas inventado un virus.
   - **b.** Es increíble que le hayas mandado un virus a tu amigo.
   - **c.** Es increíble que hayas recibido un virus de tu amigo.

4. ______
   - **a.** Qué bueno que no perdiste todo tu trabajo.
   - **b.** Qué horrible que hayas perdido todo tu trabajo.
   - **c.** Qué bueno que todo haya cambiado a azul.

5. ______
   - **a.** Es bueno que hayas recobrado tu trabajo.
   - **b.** Es bueno que hayas instalado un programa anti-virus.
   - **c.** Es malo que hayas llamado a tu amigo.

CD4-5

9-10 Recuerdos Escucha lo que recuerda esta persona sobre la tecnología de antes y de hoy.

Tú escuchas: ¿Te acuerdas que teníamos que memorizar las tablas de multiplicar? Ahora tenemos calculadoras y todo es más fácil.

Tú escribes: ¡Qué bueno que **hayan inventado las calculadoras**!

1. Es una pena que ______________.

2. Es interesante que todo ______________ a botones.

3. Es bueno que ______________ dispositivos para todo.

4. Qué bueno que ______________ los documentos viejos en las bibliotecas.

5. Qué malo que ______________ teléfonos inalámbricos.

6. Qué malo que ______________ el APD.

Nombre ______________________________ Fecha ______________

Estructura y uso II El futuro perfecto

9-11 **¿Qué nos traerá el futuro?** El precio de la gasolina y la preocupación por el medio ambiente nos obliga a pensar en lo que debemos hacer para ahorrar y proteger la tierra.

Para el año 2015 se 1. ____________ (inventar) maneras más eficientes de transporte público.

Para el año 2020 la iniciativa privada 2. ____________ (invertir) en el desarrollo de un sistema nacional de trenes de alta velocidad.

Para el año 2030 el gobierno federal y los gobiernos locales 3. ____________ (prohibir) las emisiones de gases tóxicos en la atmósfera.

Para el año 2040 la medicina 4. ____________ (perfeccionar) el transplante de cerebros.

Para el año 2050 los habitantes de la tierra 5. ____________ (crear) un gobierno mundial.

Para el año 2060 nosotros 6. ____________ (controlar) el efecto de invernadero.

9-12 **Si pudiera ver el futuro** Imagina tu futuro. Usando el futuro perfecto, predice *(predict)* lo que te habrá pasado antes de cumplir 60 años.

EJEMPLO Carrera
Antes de cumplir 50 años ya habré terminado mi carrera de abogado.

1. Salud

   Antes de cumplir 40 años ya ______________________________.

2. Situación económica

   Antes de cumplir 30 años ya ______________________________.

3. Situación familiar

   Antes de cumplir 45 años mi pareja y yo ya ______________________________.

4. Situación profesional

   Antes de cumplir 60 años ya ______________________________.

5. Logros en la vida

   Antes de cumplir 40 años ya ______________________________.

6. Fantasías

   Antes de cumplir 35 años ya ______________________________.

Nombre ______________________________ Fecha ______________

9-13 Mis predicciones para el siglo XXI Escribe cinco predicciones de lo que se habrá logrado antes de que termine el siglo XXI. Usa la forma correcta del futuro perfecto. Aquí tienes algunas sugerencias que puedes utilizar.

lograr la paz en el mundo	clonar a un ser humano	eliminar las armas nucleares
controlar el cambio climático	aumentar el promedio de vida	crear un gobierno planetario

1. ______________________________.
2. ______________________________.
3. ______________________________.
4. ______________________________.
5. ______________________________.
6. ______________________________.

CD4-6

9-14 ¿Qué habrá pasado? Escucha los problemas que tienen estas personas y trata de adivinar qué fue lo que pasó. Selecciona la oración más lógica.

1. ______
   - **a.** Habrá comprado un coche híbrido.
   - **b.** Habrá fabricado un marcapasos.
2. ______
   - **a.** Habrá patentado su invención.
   - **b.** Habrá encontrado sus pilas.
3. ______
   - **a.** Habrá dormido en el trabajo.
   - **b.** Habrá tenido una idea descabellada.
4. ______
   - **a.** Habrá usado la herramienta errónea.
   - **b.** Habrá intercambiado ficheros.
5. ______
   - **a.** Habrá usado una cerilla.
   - **b.** Habrá apagado la computadora.
6. ______
   - **a.** Habrá usado la dirección incorrecta.
   - **b.** No habrá usado envase de burbujas.

CD4-7

9-15 Los inventos del futuro ¿Qué pasará en 50 años? ¿Qué habrán inventado? Llena los espacios en blanco con el futuro perfecto.

Tú escuchas: Para el año 2060, los estudiantes podrán estudiar desde su casa. Inventarán un maestro virtual que visitará la casa.

Tú escribes: Para el año 2060, **habrán inventado** un maestro virtual.

1. Para el año 2060, ____________ un APD más moderno.
2. Para el año 2060, los autos híbridos ____________.
3. Para el año 2060, ____________ miles de libros en una computadora.
4. Para el año 2060, caminar en el parque ____________ algo novedoso.
5. Para el año 2060, las cerillas ____________.
6. Para el año 2060, los científicos ____________ una píldora anticonceptiva para los hombres.

Nombre ______________________________ Fecha ______________

Vocabulario II La ciencia y la ética

9-16 Una encuesta Un(a) compañero(a) de la universidad está haciendo una investigación sobre los conocimientos y las opiniones de los universitarios en cuanto a temas de salud, medicina y ciencia. Escoge la palabra que tenga sentido y completa las siguientes preguntas.

transplante de órganos	la clonación	manipulación genética	enfermedad incurable
transplante	prohíbe	arriesga	genoma humano

1. ¿Está Ud. a favor de ________________, o sea, la creación de una persona genéticamente idéntica a otra? Sí / No
2. ¿Desea Ud. que el gobierno federal financie el proyecto del ________________, o sea, el encontrar la totalidad de los genes que componen la constitución hereditaria de un organismo? Sí / No
3. ¿Se le debe decir a un paciente que él o ella sufre de una ________________, y que posiblemente va a morir? Sí / No
4. ¿Se debe permitir ________________, de animales a personas? Sí / No
5. ¿Se debe permitir ________________, plantas y animales para lograr mayor productividad? Sí / No
6. ¿Por qué debe el gobierno ________________, la selección genética? Sí / No

9-17 Definiciones Estás leyendo un texto de medicina y no estás seguro del significado de algunas de las palabras. Empareja la palabra de la lista con su definición.

curar	cordón umbilical	detectar	riesgo	gen	prohibir
embrión	médula	esteroide	piratería	tratamiento	remedio

1. Tejido que une la placenta de la madre con el feto ________________
2. Lo que tomamos para curar una enfermedad ________________
3. La posibilidad de que algo perjudicial ocurra ________________
4. Conjunto de medios que utilizamos para curar una enfermedad ________________
5. Impedir que se haga o se diga algo ________________
6. Darse cuenta de algo ________________

9-18 ¿Dónde está el impostor? Identifica la palabra que no corresponde en las siguientes series de palabras y explica por qué.

1. el embrión / el cordón umbilical / la célula madre / el derecho de autor

   ____

2. la fertilización en vitro / la prueba de ADN / el espionaje cibernético / el transplante de órgano

   ____

3. el robo de identidad / la piratería / la hormona / los derechos de autor

   ____

4. dañar / curar / prolongar la vida / prevenir

____

5. derechos de autor / espionaje cibernético / piratear / robo de identidad

____

6. transplantar / implantar / clonar / espiar

____

9-19 Buscar las definiciones Da una definición de las siguientes palabras.

1. dañino _______________
2. implantar _______________
3. detectar _______________
4. embrión _______________
5. transgénico _______________
6. tratamiento _______________

CD4-8

9-20 ¿Cuál es el problema? Escucha los siguientes casos y decide qué es lo que pasa.

1. ______
   - a. Muchas personas están en contra de hacer clones.
   - b. Los animales se pueden clonar pero los seres humanos no.

2. ______
   - a. Se están buscando curas para muchas enfermedades.
   - b. Se está estudiando el genoma humano.

3. ______
   - a. La fertilización en vitro puede ayudar.
   - b. Las hormonas sintéticas pueden ayudar.

4. ______
   - a. Un recurso es transplantar el órgano.
   - b. Un recurso es la manipulación genética.

5. ______
   - a. Se puede examinar el cordón umbilical.
   - b. Se puede hacer una prueba de ADN.

CD4-9

9-21 ¿Qué buscan? Escucha los siguientes problemas y di cuál es la solución.

1. Los científicos buscan una _______________.
2. La policía busca _______________.
3. La gente busca _______________.
4. La pareja puede tratar la _______________.
5. Es posible que sea un _______________.

Nombre ________________________________ Fecha ________________

Estructura y uso III El pluscuamperfecto del subjuntivo y el condicional perfecto

9-22 ¿Quién sabe qué hubiera pasado? Completa las oraciones usando el pluscuamperfecto del subjuntivo para imaginarnos qué habría ocurrido dadas *(given)* otras circunstancias.

La revolución tecnológica le debe mucho al uso de la computadora.
Si no se 1. ______________ (inventar) no habría sido posible tal revolución.
El bajo precio de las computadoras
Si los precios no 2. ______________ (bajar) tan rápido poca gente habría tenido acceso a ellas.
La inversión privada en telecomunicaciones
Si los inversores no 3. ______________ (invertir) tanto dinero en las telecomunicaciones no habrían los teléfonos inalámbricos.
Muchos avances en la medicina se deben al apoyo de las universidades.
Si los científicos no 4. ______________ (investigar) en sus laboratorios universitarios no habrían tantas curas para diferentes enfermedades.
Tenemos que estudiar el aspecto ético de los nuevos descubrimientos.
Si no 5. ______________ (tomar) en cuenta la ética se hubieran cometido muchos errores.
El proceso de la globalización y la crisis económica
Si no se 6. ______________ (desatar) esos procesos de interdependencia no hubieramos tenido la crisis económica.

9-23 Los obstáculos de la vida Si no fuera por los obstáculos inesperados que nos presenta la vida, quizá pudiéramos lograr siempre nuestras metas. Contesta las siguientes preguntas usando el condicional perfecto.

EJEMPLO —¿Viajaste a Uruguay durante el verano?
—No, pero si hubiera tenido más dinero, **habría viajado allí.**

—¿Escribiste el ensayo sobre la actualidad económica de la Argentina?
—No, pero si la biblioteca hubiera estado abierta, lo 1. ____________________.
—¿Fueron ustedes a la película sobre la protección del medio ambiente?
—No, pero si hubiéramos tenido más tiempo, 2. ____________________.
—¿Ayudaron ustedes a organizar las celebraciones del día de la Tierra?
—No, pero si tú nos hubieras apoyado, nosotros 3. ____________________ las celebraciones.
—¿Leyeron tus compañeros de clase sobre los resultados de las elecciones en Uruguay?
—No, pero si ellos supieran leer español, los 4. ____________________.
—¿Te quejaste por la desorganización de nuestro grupo de estudio?
—No, pero si tú no te hubieras quejado, mis compañeros se 5. ____________________.
—¿Escribiste el informe sobre nuestra organización?
—No, pero si hubiera tenido más apoyo por parte de los demás, lo 6. ____________________.

Nombre ______________________________ Fecha ______________

9-24 **La próxima vez lo haré mejor.** Contesta las siguientes preguntas usando el condicional perfecto.

EJEMPLO ¿Visitaste la tumba de Eva Perón en Buenos Aires?
Lo habría hecho si hubiera tenido tiempo.

1. ¿Recibiste buenas calificaciones el semestre pasado? ______________________.
2. ¿Hiciste ejercicio? ______________________.
3. ¿Tú y tus amigos fueron de vacaciones? ______________________.
4. ¿Asistieron tus amigos a eventos culturales en la universidad? ______________________.
5. ¿Terminaste de escribir el reporte para la clase? ______________________.
6. ¿Se inscribieron para los cursos del semestre entrante? ______________________.

CD4-10

9-25 **¡Qué pena!** Escucha los problemas que tuvo este turista mientras viajaba por la Argentina. Escoge la mejor respuesta.

1. **a.** Si lo hubiera sabido, no lo habría comprado.
b. Si hubiera sido barato, lo habría comprado.
c. Si hubiera sido caro, lo habría comprado.

2. **a.** Si no hubiera ido al Iguazú, no le habrían robado la cartera.
b. Si no le hubieran robado la identidad, no habría perdido tanto dinero.
c. Si no se le hubiera perdido la cartera, no se habría preocupado tanto.

3. **a.** Si hubiera tenido problemas, habría estado triste.
b. Si hubiera caminado, habría visto más animales.
c. Si hubiera sabido que estaba prohibido, no habría tenido problemas.

4. **a.** Si me hubieran confiscado el vino, habría comprado otro.
b. Si no hubieran detectado la botella, habría conservado mi vino.
c. Si no hubiera comprado el vino, no me habrían detenido.

5. **a.** Si no hubiera comido tanta carne, no me habría enfermado.
b. Si no hubiera ido a restaurantes, no me habría enfermado.
c. Si no hubiera sido tan deliciosa la carne, no habría sido dañina para mi salud.

6. **a.** Si no hubiéramos ido a la Boca, habríamos visto casas muy bonitas.
b. Si hubiéramos traído un mapa, no nos habríamos perdido.
c. Si hubiéramos tomado el Metro, no nos habríamos perdido.

CD4-11

9-26 **La cuestión ética** Escucha estos conflictos éticos y piensa en el posible problema llenando los espacios en blanco con el condicional perfecto.

Tú escuchas: El gobierno de un país limitó el número de hijos que tiene una pareja. No sé por qué. ¿Es que quieren limitar la sobrepoblación?
Tú escribes: No sé, **habrían querido limitar** la sobrepoblación.

1. No sé, ______________ un uso malo por el gobierno.
2. No sé, ______________ que el trasplante era injusto para el segundo hijo.
3. (Sí) (No) ______________ el uso de embriones.
4. Si no hubiera sido doloroso *(painful)*, ¿habrías ______________?
5. Si hubieras sabido que tomaba esteroides, ¿habrías ______________?
6. Si fueras doctor y hubieras sabido que ya tenía seis hijos, ¿habrías ______________ in vitro?

Nombre ______________________ Fecha ______________

Impresiones

¡A leer! La cirugía plástica en Argentina

Lee el siguiente reportaje sobre la cirugía plástica en Argentina y luego haz la actividad de la sección **Después de leer** para verificar tu comprensión de la lectura.

Estrategia de lectura: Identificar el tono
El tono de un texto le indica al lector la actitud que el autor tiene hacia el tema que trata. El tono puede ser crítico, apasionado, didáctico, humorístico, irónico o cínico, entre muchos otros.

Antes de leer Lee las siguientes oraciones del reportaje y trata de identificar el posible tono de este texto. ¿Es crítico, apasionado, didáctico, humorístico, irónico, cínico?

"La cirugía plástica en Argentina se ha convertido en un problema con dimensiones sociales. La gran mayoría de hombres y mujeres que se someten a estas intervenciones quirúrgicas lo hacen por razones frívolas."

____.

A leer Ahora lee el reportaje con cuidado y trata de identificar el tono.

La cirugía plástica en Argentina se ha convertido en un problema con dimensiones sociales. La gran mayoría de hombres y mujeres que se someten a estas intervenciones quirúrgicas lo hacen por razones frívolas. Lo que muchos de nuestros compatriotas buscan es la ilusión de un ideal de belleza que no existe en la realidad. Las compañías de cosméticos y los medios masivos de comunicación han creado un ideal del físico humano que sólo sirve para vender más productos y aumentar los clientes de clínicas de estética. Según los expertos, el motor principal para este tipo de operación es la influencia de los programas de televisión que presentan la cirugía estética como la respuesta a casi todos los problemas que pueda tener un individuo.

En mi opinión la única persona que necesita cirugía plástica es la persona que tiene una grave deformación física que le impide actuar de manera normal en la sociedad. En los últimos cuatro años, el 35% de las cirugías plásticas realizadas en Argentina se realizó en hombres menores de 65 años. Lo que ellos querían eliminar eran las bolsas debajo de los ojos, la grasa acumulada alrededor del pecho y el abdomen y la calvicie. El ejercicio, la dieta balanceada y la aceptación de la diversidad física del hombre son las soluciones para este tipo de preocupaciones.

En los últimos dos años se ha llegado hasta el extremo de inyectar en el cuerpo humano sustancias tóxicas para eliminar temporalmente las arrugas *(wrinkles).* El capital dedicado a este tipo de investigación, y los conocimientos y habilidades de los cirujanos, deben utilizarse para ayudar a los que realmente necesitan estos tratamientos y no simplemente por vanidad.

Tenemos que estar conscientes que vivimos en un país con problemas sociales mucho más importantes que la belleza física de unos pocos. Todos los recursos financieros y humanos deben estar dirigidos a solucionar problemas que impactan la vida diaria de la mayoría y acabar con el embrujo de un ideal inventado para enajenarnos.

Nombre ______________________________ Fecha ______________

Después de leer Lee las siguientes oraciones e indica si son ciertas **(C)** o falsas **(F).** Si la oración es falsa, corrígela.

1. La cirugía plástica constituye un problema para la sociedad argentina. **C / F**

   ____.

2. El ideal de belleza tiene sus raíces en la realidad biológica del hombre. **C / F**

   ____.

3. La televisión crea la ilusión de que casi cualquier problema se puede curar con la cirugía. **C / F**

   ____.

4. Según el autor, todos los que puedan pagar deben tener derecho a la cirugía plástica. **C / F**

   ____.

5. Inyectarse sustancias tóxicas para lograr belleza física es un ejemplo de la frivolidad de mucha gente. **C / F**

   ____.

¡A escribir! Los seguros médicos deben / no deben pagar por la cirugía plástica

El tema Hay una diversidad de razones por las cuales los seguros médicos deben pagar por la cirugía plástica. Al mismo tiempo hay otra serie de razones por las cuales no deben pagar por este tipo de servicio. Escribe un ensayo académico presentando uno de estos puntos de vista.

El contenido Antes de completar esta actividad regresa al libro de texto y lee otra vez la estrategia de escritura: El ensayo académico. Luego haz una lista de razones a favor y en contra de que los seguros médicos paguen por la cirugía plástica y ponlas en una hoja de papel. Decide si estás a favor o en contra.

ATAJO

Functions: Writing an essay; Writing an introduction; Making transitions; Writing a conclusion
Vocabulary: Medicine
Grammar: Prepositions; Nouns; Verbs

El primer borrador Basándote en la información del Paso 1, escribe en un papel el primer borrador de tu ensayo académico.

Revisión y redacción Ahora, revisa tu borrador y haz los cambios necesarios. Asegúrate de verificar el uso del vocabulario apropiado del **Capítulo 9** y las conjugaciones de los verbos. Cuando termines, entrégale a tu profesor(a) la versión final de tu ensayo.

Nombre ______________________ Fecha ______________

CD4-12

¡A pronunciar! Las consonantes "y" y "ll"

En Argentina y en Uruguay, los países que estudiamos en este capítulo, las consonantes **"y"** y **"ll"** se pronuncian de una manera diferente al resto del mundo hispanohablante.

- Repite las siguientes palabras imitando la voz que oyes.

Argentina	Otros países
yo	yo
cerilla	cerilla
descabellado	descabellado
yerba mate	yerba mate

Yo me llamo Yolanda.
Yo no creo que haya piratería.
Ya sé que es una idea descabellada.

- Repite el siguiente trabalenguas, prestando atención a la **"y"** y la **"ll":**
  Sorullo quiere lo suyo *(Sorullo wants what's his).*
  Lo tuyo es tuyo, dice Sorullo *(What is yours is yours).*
  Suelta lo que no es tuyo *(Drop what is not yours).*
  Sorullo quiere lo suyo *(Sorullo wants what's his).*

Nombre ______________________________ Fecha ______________

Autoprueba

I. Comprensión auditiva

CD4-13

Escucha la siguiente descripción de un joven uruguayo sobre el correo electrónico y decide si las oraciones son ciertas **(C)** o falsas **(F)**.

1. El autor sabe quién inventó el correo electrónico. **C / F**
2. Según el autor, el correo electrónico puede causar un tipo de adicción en el usuario. **C / F**
3. Lo que nos motiva a usar el correo electrónico es el placer que nos da recibir todo tipo de información. **C / F**
4. La promesa de que podemos hacernos millonarios viene de mensajes provenientes de África. **C / F**
5. El autor parece ser una persona muy pesimista. **C / F**

II. Vocabulario en contexto

Para algunas personas el vocabulario asociado con la tecnología es un vocabulario difícil de entender. Empareja la palabra de la lista con su definición.

marcapasos	controversia	anestesiar	contraseña	anticuada
embrión	gen	piratear	terapia	transgénico

1. Secuencia de ADN que constituye la unidad que trasmite las características que una persona hereda de sus padres ____________________
2. Letras, palabras o signos secretos que permiten acceso a algún lugar inaccesible ____________________
3. Se dice de un organismo que ha sido modificado mediante la adición de genes de otro organismo para lograr uno nuevo ____________________
4. Discusión entre dos personas con puntos de vista diferentes ____________________
5. Se dice de una cosa vieja, pasada de moda ____________________
6. Cometer acciones delictivas contra la propiedad ____________________
7. Tratamiento de una enfermedad ____________________
8. Ser humano en las primeras etapas de su desarrollo, generalmente asociado con el tercer mes de embarazo ____________________
9. Privar a una persona de manera parcial o total de la sensibilidad por razones médicas ____________________
10. Pequeño aparato electrónico que ayuda al funcionamiento normal del corazón ____________________

Nombre ______________________________ Fecha ______________

III. Estructuras

A. Presente perfecto del subjuntivo Unos amigos visitaron un Apple Center en Buenos Aires. Llena los espacios con la forma correcta del presente perfecto del subjuntivo.

Dudo que 1. ______________ (tú / poder) comprar una computadora en este lugar. Aquí solo se exhíben.

¡Qué suerte que 2. ______________ (ellos / conseguir) entrar a la feria de tecnología!

¡No puedo creer que no 3. ______________ (ustedes / ver) un iPod antes!

¡Es un milagro que 4. ______________ (ella / bajar) canciones de Internet!

¡Qué chévere que 5. ______________ (nosotros / escribir) el software ganador del concurso!

B. El futuro perfecto ¿Qué pasará en el futuro? Dos muchachos hablan sobre lo que se habrá logrado para el año 2040. Completa las siguientes oraciones según el modelo usando el futuro perfecto.

EJEMPLO Para el año 2040 / el hombre / llegar a Marte
Para el año 2040 el hombre habrá llegado a Marte.

1. Para el año 2040 / tú / inventar / automóviles que usen agua como combustible

____.

2. Para el año 2040 / yo / descubrir / un tratamiento efectivo para el cáncer

____.

3. Para el año 2040 / nosotros / elegir / un presidente nacido en el extranjero

____.

4. Para el año 2040 / nuestros padres / cumplir 100 años de edad

____.

5. Para el año 2040 / nosotros / lograr / todos nuestros sueños

____.

C. El pluscuamperfecto del subjuntivo Un par de amigos hablan sobre los éxitos y dificultades de una compañía que produce teléfonos celulares. Completa las oraciones según el modelo usando el pluscuamperfecto del subjuntivo.

EJEMPLO —¿Es sorprendente la popularidad del celular?
—Sí / ser sorprendente / el celular tener tanta popularidad en tan poco tiempo
—**Sí, es sorprendente que el celular hubiera tenido tanta popularidad en tan poco tiempo.**

—¿Gastan millones de dólares en promoverlos?

—Sí / ser increíble / gastar tanto dinero

1. — ____

—¿Mucha gente ganó mucho dinero?

—Sí / ojalá / yo / invertir en esas compañías

2. — ______________________________

—¿Los inversionistas pagaron $23 dólares por las acciones?

—Sí / ojalá / mi padre y yo / comprar a un precio tan bajo

3. — ______________________________

—¿La compañía regaló sus primeros cien celulares?

—Sí / ojalá / yo / recibir uno de esos teléfonos

4. — ______________________________

—¿La compañía que fabrica los celulares tuvo dificultades financieras?

—Sí / ser una lástima / tener problemas al principio

5. — ______________________________

D. El condicional perfecto Completa las siguientes oraciones con el condicional perfecto de los verbos en paréntesis.

La ONU aplaza una clonación que 1. ____________ (prohibir) la clonación terapéutica.

Posiblemente el efecto invernadero 2. ____________ (contribuir) a las sequías e inundaciones en África.

Vuelve Frankenstein: Médicos 3. ____________ (clonar) embriones humanos.

Colapso de GM 4. ____________ (dañar) más la débil economía de los Estados Unidos.

Transplantes 5. ____________ (curar) a un paciente con SIDA.

IV. Cultura

¿Qué has aprendido en este capítulo sobre Argentina y Uruguay? Lee las siguientes oraciones y decide si son ciertas **(C)** o falsas **(F).**

1. Los inmigrantes españoles e italianos han hecho importantes contribuciones a Argentina y Uruguay. **C / F**
2. Los cacerolazos representan una forma de protesta política. **C / F**
3. La capital de Uruguay es Buenos Aires. **C / F**
4. La salsa es la música más característica de Argentina. **C / F**
5. Argentina es famosa por su ganadería. **C / F**

Nombre ______________________________ Fecha ______________

Capítulo 10 La globalización

Vocabulario I Los desafíos sociales

10-1 Asociaciones Hay conceptos que usamos para describir la vida moderna y que generalmente asociamos con otras ideas o palabras. ¿Qué asocias con las siguientes palabras?

convenio	diversidad lingüística	desplazamiento	emigrar
menospreciar	monolingüe	brecha	ingreso
indocumentado	desempleo	lengua materna	

1. Una persona sin pasaporte o visa ______________
2. Tener a alguien o algo en menos de que lo que es ______________
3. La educación intercultural bilingüe ______________
4. Acto de ser admitido a una universidad o empresa ______________
5. El idioma que se aprende en casa ______________
6. Una persona que habla un solo idioma ______________

10-2 La globalización Un(a) compañero(a) está tratando de describir algunas de las características de la globalización. Llena los espacios en blanco con la palabra apropiada. ¡OJO! Vas a tener que conjugar los verbos.

bilingüe	tráfico de personas	convenio	emigrar
esperanza	identidad cultural	fugarse	fuga de cerebros
redada	desplazamiento	desafío	

En la actualidad vemos que el 1. ______________ de personas de una parte del mundo a la otra como algo relativamente normal. Las personas nacen en una parte del mundo para luego 2. ______________ de su lugar de origen en busca de mejores oportunidades. El idioma, la nacionalidad, las costumbres, en otras palabras, la 3. ______________ se caracteriza por su diversidad. Hoy en día es común ser 4. ______________, o sea, hablar inglés y español o cualquier otra combinación de idiomas. La globalización también ha creado nuevos problemas como la 5. ______________, o sea, que los profesionales de países pobres abandonan sus países para buscar trabajos más lucrativos en los Estados Unidos o Europa. Otro aspecto negativo es el 6. ______________, donde individuos sin escrúpulos *(scruples)* ayudan a inmigrantes a entrar sin documentos a los países más ricos.

Nombre ______________________________ Fecha ______________

10-3 **¿Qué te preocupa hoy en día?** Completa las siguientes preguntas con una de las siguientes palabras.

identidad	inquieta	homogenización	desafío	desempleo
barrera	intolerancia	remesas	invertir	

1. ¿Cuál ha sido para ti tu mayor ____________________?

   Creo que ha sido aprender húngaro.

2. ¿Cuál ha sido ____________________ más difícil que has tendido que superar?

   La más difícil ha sido superar el racismo institucional.

3. ¿Cuál crees que sea una causa principal del ____________________?

   Creo que sea la falta de pequeñas empresas que creen puesto de trabajo.

4. ¿Cuál es el tema que más te ____________________ hoy en día?

   Me preocupa la crisis económica.

5. ¿Cuántos millones de dólares crees que envían los inmigrantes a sus familias en forma de ____________________?

   Me imagino que debe ser como cien millones de dólares.

6. ¿Qué medidas debe adoptar la sociedad para combatir ____________________?

   El gobierno debe crear centros de integración para los inmigrantes.

10-4 **Buscar las definiciones** Da una definición de las siguientes palabras.

1. amnistía ______________________________
2. abusar ______________________________
3. barrera ______________________________
4. convenio ______________________________
5. desempleo ______________________________
6. indocumentado ______________________________

Nombre ______________________________ Fecha ______________

CD4-14 **10-5** **En otras palabras...** Escucha lo que pasa con los asuntos de inmigración y escoge la oración que mejor describe la situación.

1. _______
   a. Esa persona está emigrando.
   b. Esa persona está invirtiendo.

2. _______
   a. La persona está subempleada.
   b. La persona no quiere cooperar.

3. _______
   a. La persona contribuye a la diversidad lingüística.
   b. La persona menosprecia el nuevo país.

4. _______
   a. Hay una disminución de ingresos.
   b. Hay una fuga de cerebros.

5. _______
   a. Porque la persona afecta adversamente el asunto de la mano de obra del país.
   b. Porque es un indocumentado.

CD4-15 **10-6** **Explícame** A tu amigo no le gusta la política ni tampoco entiende nada. Escucha sus preguntas y formula oraciones lógicas y completas para contestar las preguntas usando el siguiente vocabulario.

hacer una redada	una política migratoria	ser indocumentado
fuga de cerebros	declarar una amnistía	desplazarse

1. ______________________________
2. ______________________________
3. ______________________________
4. ______________________________
5. ______________________________
6. ______________________________

Nombre ______________________________ Fecha ______________

Estructura y uso I Los tiempos progresivos

10-7 Antes y ahora Escoge la forma apropiada del progresivo según el contexto de la oración.

1. Antes Chile era un país con muchos problemas políticos pero es posible que ahora (está pasando / esté pasando) por un período de estabilidad.
2. Antes Chile no podía pagar su deuda externa y ahora es muy probable que (estaba pagándola / esté pagándola) sin mayor dificultad.
3. Antes Chile tenía que importar productos agrícolas básicos y ahora (está exportándolos / estará exportándolos).
4. Antes Paraguay era un país muy aislado y ahora (estuvo participando / está participando) activamente en la vida política del continente.
5. Antes Paraguay tenía una imagen negativa en el mundo y ahora la (está mejorando / está mejoranda).
6. Antes Paraguay tenía un gobierno dictatorial pero ahora esperamos que (estará construyendo / esté construyendo) instituciones democráticas.

10-8 ¿Qué estarán haciendo? Estás pensando en tus amigos y lo que probablemente están haciendo ahora. Llena los dos espacios en blanco con la forma correcta del progresivo.

EJEMPLO Supongo que Marujita **estará hablando** por teléfono.

Supongo que mi amigo Andrade 1. ______________ (desayunarse) a esta hora.

Su hermana 2. ______________ (caminar) el perro.

La tía Julia y mi prima 3. ______________ (ver) su programa favorito de televisión.

El tío Mauricio 4. ______________ (leer) el periódico al mismo tiempo que 5. ______________ (oír) el noticiero por la radio.

Mis compañeros 6. ______________ (ir) rumbo a la facultad.

10-9 Temas de actualidad Llena los espacios en blanco con la forma correcta del verbo en progresivo. Tendrás que escoger entre el presente o de indicativo o de subjuntivo.

Espero que la Comisión de la Paz 1. ______________ (considerar) darles amnistía a los presos políticos.

Hoy en día la falta de consenso en la sociedad 2. ______________ (crear) inestabilidad en el país.

Finalmente podemos decir que 3. ______________ (controlar) la pobreza en nuestra comunidad.

¿Qué 4. ______________ (pensar) los políticos en el Congreso? No sé por qué aprobaron la ley de inmigración.

Ojalá que el desempleo no 5. ______________ (aumentar) porque sería una tragedia si hubieran más desempleados.

Espero que no 6.______________ (nosotros / perder) la confianza en la democracia.

Nombre ______________________________ Fecha ______________

10-10 Diálogo entre dos compañeros después de asistir a una conferencia sobre el medio ambiente Usa las formas de los tiempos progresivos para completar el siguiente diálogo.

preguntar escuchar hablar seguir estudiar vivir seguir buscar

EJEMPLO ¿Qué hacías cuando te llamé anoche?
Estaba charlando por teléfono.

RAMÓN: Te vi ayer en salón de actos. Parece que había una conferencia ¿De qué estaban hablando?

CLARITA: 1. ____________ del medio ambiente.

RAMÓN: También vi que José estaba charlando con el experto en meteorología. ¿Qué le estaría diciendo?

CLARITA: 2. No sé, posiblemente le ____________ sobre el tema.

RAMÓN: Vi a los jugadores del equipo de básquetbol. ¿Qué estaban haciendo esos ahí?

CLARITA: 3. Quizá ____________ la conferencia.

RAMÓN: Y tú, ¿sigues estudiando ingeniería forestal?

CLARITA: 4. Sí, ____________ ingeniería forestal.

RAMÓN: ¿Sigues buscando trabajo?

CLARITA: 5. No, no ____________ trabajo, ya encontré uno.

RAMÓN: ¿Continuas compartiendo cuarto con el primo de Pepe?

CLARITA: 6. No, ahora ____________ solo.

CD4-16

10-11 Chismes de la Casa Internacional Un recién llegado *(newcomer)* va a una fiesta y como no conoce a nadie, le pide a alguien que le diga quién es quién. Escucha la descripción de cada persona y escribe el nombre de la persona en el dibujo.

CD4-17

10-12 ¿Qué estará pasando? Escucha la descripción de lo que pasa y piensa en qué estaría pasando.

1. No sé, ______________________________ español todo el año.

2. No sé, ______________________________ de Chile.

3. No sé, ______________________________ a la Argentina a trabajar.

4. No sé, ______________________________ más en los EE.UU.

5. No sé, ______________________________ la diversidad lingüística.

6. No sé, ______________________________ más mano de obra.

Nombre ______________________________ Fecha ______________

Vocabulario II La ecología global

10-13 ¿Qué debemos hacer? En la radio escuchas los comentarios de un ecologista sobre lo que debemos hacer para proteger nuestro medio ambiente. Lee las siguientes oraciones y escoge la palabra que mejor completa la oración.

1. Si queremos mejorar la ecología global necesitamos _______ a los jóvenes de la importancia del tema.
a. concienciar
b. comprender
c. ignorar

2. Los gases emitidos por los automóviles tienen _______ devastador sobre el medio ambiente.
a. un objetivo
b. un impacto
c. un impulso

3. Debemos respetar _______ que tenemos para evitar más daños a la naturaleza.
a. las regulaciones
b. los obstáculos
c. las detenciones

4. Sin lugar a dudas, _______ es la clave para nuestra supervivencia.
a. la presa
b. el abono
c. la biodiversidad

5. No hay que olvidar que _______ representa un peligro real.
a. el calentamiento global
b. el agua dulce
c. el recurso renovable

6. Para sobrevivir tenemos que entender que _______ es posible.
a. el desarrollo sostenible
b. la represa
c. el humedal

10-14 ¿Cómo se llama? Después de leer un artículo sobre el medio ambiente en Chile te das cuenta de que hay algunas palabras nuevas para ti. Empareja la palabra con su definición.

consumir	malgastar	recurso	abono orgánico	reparar	biodiversidad
calentamiento global	reutilizar	represa	devastador	tóxico	

1. Un producto que causa daño, es un producto ____________________

2. Lugar construido para almacenar agua ____________________

3. Diversidad de plantas y animales que viven en un hábitat ____________________

4. Utilizar productos o servicios para satisfacer necesidades o deseos ____________________

5. Acción de incrementar la temperatura del planeta ____________________

6. Un tipo de fertilizante que no usa productos químicos ____________________

10-15 Buscar las definiciones Da una definición de las siguientes palabras.

1. desecho ____

2. embalse ____

3. humedal ____

4. renovable ____

5. sobrepesca ____

6. descomponerse ____

Nombre ________________________________ Fecha ______________

10-16 **Queremos saber lo que piensas.** Completa las siguientes preguntas con una de las palabras de la lista.

la biodiversidad reutilizar incentivar la capa de ozono el efecto invernadero el deterioro

1. ¿Qué podemos hacer para apoyar ___________?

   Podemos apoyar la conservación de especies nativas a cada región.

2. ¿Qué hay que hacer para proteger ___________?

   Hay que consumir menos productos que le causen daño.

3. ¿Cómo podemos combatir ___________?

   Podemos reducir las emisiones de gases a la atmósfera.

4. ¿Cómo se puede detener ___________del medio ambiente?

   Se puede detener por medio de la acción común.

5. ¿Qué se puede hacer para ___________ a los jóvenes para que protejan el medio ambiente?

   Se puede crear campañas de publicidad dirigidas a los jóvenes.

6. ¿Qué productos podemos ___________ sin mucha dificultad?

   Podemos usar vidrio, papel y plástico sin mucha dificultad.

CD4-18 **10-17** **¿De qué está hablando?** Escucha lo que dicen estos ambientalistas y decide de qué están hablando.

1. ______
   a. Crea un efecto de invernadero.
   b. Crea un ecosistema.
   c. Crea un abono orgánico.

2. ______
   a. La descomposición puede afectar el ambiente.
   b. Las regulaciones pueden afectar el ambiente.
   c. Los residuos tóxicos pueden afectar el ambiente.

3. ______
   a. El problema es la sobre pesca.
   b. El problema es la erosión.
   c. El problema es el calentamiento global.

4. ______
   a. Puede contribuir a la abundancia de peces.
   b. Puede haber un derrame.
   c. Puede haber descomposición.

5. ______
   a. Hay que reutilizar los desechos orgánicos.
   b. Hay que proteger el agua dulce.
   c. Hay que abonar más.

CD4-19 **10-18** **¿Qué es?** El niño quiere aprender más sobre la ecología global. Escucha las preguntas que hace este niño y contéstalas.

1. ____.
2. ____.
3. ____.
4. ____.
5. ____.

Nombre ______________________________ Fecha ______________

Estructura y uso II Repaso de los tiempos verbales

10-19 Discurso Éste es un discurso de un mandatario chileno que escuchas por la radio. Escoge la forma correcta del verbo.

Habla el Presidente de la República desde el Palacio de la Moneda. El Ministro de Defensa me 1. ____________ (informó / informaba) que un grupo de militares 2. ____________ (ocupo / ocupó) el puerto de Valparaíso. En mi capacidad de jefe de gobierno 3. ____________ (llamo / llamó) a la población para que 4. ____________ (mantenemos / mantenga) la calma y la serenidad. Espero que los soldados rebeldes 5. ____________ (entreguen / entregan) pronto sus armas y que le demos fin a este incidente sin precedentes en nuestra historia. Estoy seguro que todos 6. ____________ (actuaremos / actuar) con el grado más alto de profesionalismo y patriotismo.

10-20 Visita del embajador de Canadá Aquí tienes un corto reportaje de un periódico local sobre un tema de interés. Llena los espacios con la forma correcta del verbo.

El embajador de Canadá en Paraguay 1. ____________ (visitar) la semana pasada las colonias mennonitas de Menno y Fernheim, las cuales 2. ____________ (estar / localizar) a seis horas de Asunción.

Hoy día 3. ____________ (vivir) en Paraguay más de ocho mil mennonitas, descendientes de un grupo de canadienses que probablemente 4. ____________ (haber / emigrar) de la provincia de Manitoba a principios del siglo XX. Los mennonitas forman parte de un grupo religioso que desde el siglo XVI 5. ____________ (haber / buscar) un lugar seguro para practicar libremente su religión. Muchos creen que la odisea de este grupo 6. ____________ (haber / terminar).

10-21 ¿Qué es la globalización? Completa el siguiente párrafo con la forma del verbo que tenga más sentido según el contexto.

iniciarse saber tener ser estar decir

Todo el mundo habla de la globalización pero hay mucha gente que no 1. ____________ el significado de la palabra. Y los que sí saben no 2. ____________ de acuerdo para dar con una sola definición. Antes se 3. ____________ que era un proceso económico, social, político y cultural. Ahora nadie está seguro. Quizá la característica principal 4. ____________ la interdependencia. Hay gente que opina que este fenómeno no es nuevo sino que 5. ____________ con la expansión europea por el mundo. Hasta el momento no creo que 6. ____________ un impacto positivo en la vida de todos nosotros.

Nombre ______________________ Fecha ______________

10-22 **¿Qué opinan los demás?** Quieres saber qué piensan tus compañeros sobre el tema de la globalización. Desarrolla un cuestionario con seis preguntas para saber más sobre lo que opinan tus compañeros. Puedes preguntarles sobre la capa de ozono, la biodiversidad, los productos tóxicos, el calentamiento global, el efecto invernadero, el consumo, etcétera.

1. ¿Qué entiendes por ____________________?
2. ¿Por qué te preocupa o no te preocupa ____________________?
3. ¿Cuáles son algunos de las características ____________________?
4. ¿Qué productos consideras ____________________ y que por lo tanto se deban prohibir?
5. ¿Qué se puede hacer para proteger ____________________?
6. ¿Cómo podemos hacer para limitar ____________________?

CD4-20

10-23 **La leyenda del tucán** Escucha esta leyenda sobre el origen del tucán y contesta las preguntas seleccionando la respuesta más lógica.

Vocabulario: **chicha** = a type of fermented cider; **disfrazar** = to put on a costume

1. La leyenda del tucán…
   - **a.** iba a ser una leyenda mapuche.
   - **b.** es una leyenda guaraní.
   - **c.** será una leyenda chilena.
2. ¿Qué se celebraba?
   - **a.** Una boda.
   - **b.** Un cumpleaños.
   - **c.** El quinceañero de una hermosa joven.
3. ¿Por qué Tuka no fue invitado?
   - **a.** Porque tenía una nariz grande.
   - **b.** Porque era enemigo de Tatutupa.
   - **c.** Porque los otros invitados no quierían que viniera a la fiesta.
4. ¿Qué hacía Tuka en la fiesta?
   - **a.** Bailaba con una amiga.
   - **b.** Se sentó a mirar a los invitados.
   - **c.** Consumía mucha comida y bebida.
5. Tatutupa…
   - **a.** reconoció a su enemigo.
   - **b.** perdonó a su enemigo.
   - **c.** bebió chicha con su enemigo.
6. Tatutupa…
   - **a.** lo convirtió en mujer.
   - **b.** hizo que bebiera más chicha.
   - **c.** hizo que el vaso se le pegara *(stick)* a la boca.
7. Tuka al final…
   - **a.** salió volando de la fiesta como un tucán.
   - **b.** mató a Tatutupa.
   - **c.** le pidió a Tutupa que le restaurara la forma original.

CD4-21

10-24 **La creación del mundo** Escucha cómo se formó el mundo de acuerdo a una leyenda guaraní y contesta las preguntas, tratando de usar los tiempos verbales apropiados.

1. ¿Con quién se casó Tupa? ____________________
2. ¿Qué crearon? ____________________
3. ¿Cómo creó al ser humano? ¿Qué mezcló? ____________________
4. ¿Para qué le dio consejos a la primera pareja? ____________________
5. ¿Para qué les dio permiso? ____________________
6. ¿A condición de qué pueden usar la tierra? ____________________

Nombre ________________________ Fecha ____________

Impresiones 

¡A leer! Nuestra vida depende de la biodiversidad

Lee el siguiente artículo sobre la biodiversidad y luego haz la actividad de la sección **Después de leer** para verificar tu comprensión de la lectura.

Estrategia: Las palabras conectivas
Regresa a la página 401 en el libro de texto y repasa la sección sobre esta estrategia de lectura.

Antes de leer Lee las siguientes oraciones y explica la diferencia en el significado.

1. Él vino a la reunión **porque** estaba programada para las siete de la mañana.
2. Él vino a la reunión **aunque** estaba programada para las siete de la mañana.

____

____

____

A leer Ahora lee el artículo con cuidado y usa la estrategia de la lectura para descifrar el significado de oraciones difíciles.

Como paraguayos y como seres humanos debemos decidir con mucho cuidado qué es lo que queremos hacer con los recursos naturales que tenemos en nuestro país. Nuestro futuro como especie y como cultura depende de la conservación y el uso sostenible de recursos.

El medio ambiente es la fuente de la vida y si lo destruimos vamos a destruirnos a nosotros mismos.

El agua es uno de esos recursos vitales no sólo del hombre sino también de las plantas y los animales. El derecho al bienestar y la salud es un derecho humano básico que tenemos que respetar. Por lo tanto, es nuestra responsabilidad proporcionar agua potable para uso humano y para el correcto funcionamiento de los ecosistemas y los hábitats. El crecimiento demográfico, el alto consumo por parte de ciertos sectores de la población y el desarrollo industrial ponen en peligro el abastecimiento *(supply)* de agua pura para todos los que la requieren para poder sobrevivir.

El suelo es el segundo recurso esencial para todos los seres vivos de este planeta. Al igual que el agua, todos tenemos el derecho a explotar de manera sostenible este recurso natural. El crecimiento económico y las mejoras sociales no son objetivos que van en contra de la protección del medio ambiente. Tenemos que tener en cuenta al desarrollar políticas de empleo o desarrollo social que éstas no afecten de manera negativa la calidad del suelo. De nada vale tener un desarrollo económico o social que sólo va a durar por un par de décadas a causa de la destrucción de un recurso natural que no podemos renovar.

El último recurso básico es el aire. Es la responsabilidad del gobierno, la sociedad civil y la población en general de mantener un aire puro, libre de contaminantes. Nuestro país ha firmado acuerdos a nivel continental y global que lo obligan a luchar por proteger y mantener la calidad del aire. Es esencial que cumplamos con todos los reglamentos y resoluciones de los diferentes tratados que hemos firmado.

Después de leer Lee las siguientes oraciones e indica si son ciertas (**C**) o falsas (**F**).

1. Según el artículo, todos tenemos la responsabilidad de cuidar el medio ambiente. **C / F**
2. Según el autor, el medio ambiente, las plantas y los animales son una unidad. **C / F**
3. El uso del agua no es un privilegio sino un derecho de todos los hombres. **C / F**
4. Según este artículo, explotar el suelo de manera sostenible significa usar el suelo de tal manera que pueda ser productivo por cientos de años. **C / F**
5. Según el autor, los elementos básicos del medio ambiente son el aire, el suelo, el agua y la biodiversidad. **C / F**

¡A escribir! El ensayo argumentativo

El tema La meta del ensayo argumentativo es la de convencer al lector de un punto de vista sobre un tema en particular. Para tener éxito se necesita definir claramente una tesis y defenderla con razones claras y directas.

El contenido Antes de completar esta actividad regresa al libro de texto y lee otra vez la estrategia de escritura: el ensayo argumentativo. Ahora piensa en un tema interesante que quieras presentar. Haz una lista de los temas que se exploraron en este capítulo (inmigración, identidad cultural, medio ambiente, etcétera). Luego, identifica la tesis que quieres presentar y cinco o seis razones que apoyen tu tesis.

____

____

____

ATAJO

Functions: Asserting and insisting; Expressing an opinion; Making transitions
Vocabulary: Animals; Languages; Plants; Violence
Grammar: Accents; Relatives; Verbs

El primer borrador Basándote en la información de **El contenido,** escribe en un papel el primer borrador de tu ensayo argumentativo.

Revisión y redacción Ahora, revisa tu borrador y haz los cambios necesarios. Asegúrate de verificar el uso del vocabulario apropiado del **Capítulo 10** y las conjugaciones de los verbos. Cuando termines, entrégale a tu profesor(a) la versión final de tu ensayo.

CD4-22

¡A pronunciar! Acentos. ¿Cómo suenan en cada país?

En cada país hispanohablante tienen un acento diferente. Es fácil para un nativohablante identificar el país de origen de una persona por su acento. ¿Puedes tú saber si una persona es de Inglaterra, de Australia o de Jamaica por su acento? ¿Qué tal una persona de Alabama, de California o de Nueva York? Pues, igual para en el mundo hispano.

- Escucha y trata de imitar el acento de un español:
  En un lugar de la Mancha // de cuyo nombre no quiero acordarme //
  no hace mucho tiempo que vivía // un hidalgo de los de lanza en astillero //
  adarga antigua // rocín flaco // y galgo corredor
- Escucha y trata de imitar el acento de un argentino:
  —Pero decime, ¿querés mate o no? //
  —Che, este mate es una porquería. // Yo me voy un rato a la calle, // pero vos sabés que no me tardo nada.
- Escucha y trata de imitar el acento de un puertorriqueño:
  Los hombres son unos diablos //
  Así dicen las mujeres //
  pero siempre andan buscando //
  a un diablo que se las lleve.
- Escucha y trata de imitar el acento de un mexicano:
  Pues mira mijito, // te voy a contar que la nación zapoteca está en el estado de Oaxaca. // Ahí no más, // ahorita mismo te la enseño en este libro. // Muchos hombres importantes han nacido allí. // Tú no te vas a quedar chaparrito para siempre. // Algún día serás importante también.

CD4-23

¿Los reconoces? Escucha las siguientes oraciones y trata de adivinar de qué nacionalidad es cada persona. ¿Es argentino, español, puertorriqueño o mexicano?

1. ______
2. ______
3. ______
4. ______
5. ______

Nombre ____ Fecha ______________

Autoprueba

I. Comprensión auditiva

CD4-24

Pasos hacia la reconciliación Escucha el siguiente reportaje de radio sobre un tema de actualidad y decide si las oraciones son ciertas **(C)** o falsas **(F)**.

1. El presidente de Chile propuso dar dinero a víctimas de la dictadura. **C / F**
2. Según el autor, más de 20 mil personas sufrieron durante este período. **C / F**
3. Las Fuerzas Armadas niegan haber torturado a los opositores del gobierno militar. **C / F**
4. Según este artículo, se logrará la reconciliación si no se investiga el pasado. **C / F**
5. Angélica Torres afirma que es la responsabilidad de todos mostrarle a las futuras generaciones lo que pasó. **C / F**

II. Vocabulario

Encuentra la mejor definición en la columna de la derecha.

1. restaurar ______
2. humedal ______
3. carecer ______
4. incentivo ______
5. insignificante ______
6. convenio ______
7. desempleado ______
8. desplazar ______
9. disputar ______
10. excluir ______

a. terreno húmedo
b. algo que no tiene significado o importancia
c. reparar, renovar o poner algo en su estado original
d. persona que no tiene trabajo
e. tener falta de algo
f. un estímulo que se ofrece para lograr una meta
g. debatir o competir por algo
h. rechazar a alguien o algo
i. mover o sacar a alguien o algo de un lugar
j. contrato, acuerdo

III. Estructuras

A. Lo vi con mis propios ojos Ayer cuando llegué del trabajo tuve que pasar por la casa de mi amigo a recoger las llaves de mi casa y no pude creer lo que vi. Llena los dos espacios en blanco con la forma correcta del progresivo para ver qué fue lo que pasó.

ver   beber   desayunar   oír   leer

Eran las seis de la tarde y Donaldo y Dolores 1. ____________. No lo pude creer. Su hermana 2. ____________ la televisión. Joselito, un niño de ocho años, 3. ____________ música en su iPod. La abuelita Teresa 4. ____________ el periódico y sus nietos 5. ____________ cerveza. Esto parecía una escena de una película de horror.

B. ¿Qué estarían haciendo si hubieran ganado las elecciones? Un grupo de políticos comentan sobre lo que estarían haciendo si hubieran tenido éxito en las elecciones. Llena los espacios con la forma correcta del verbo en condicional progresivo.

El candidato a alcalde 1. ____________________ (celebrar).

Los ayudantes 2. ____________________ (escribir) discursos.

Yo 3. ____________________ (trabajar) como siempre.

Y tú, ¿qué 4. ____________________ (hacer)?

Nosotros 5. ____________________ (beber) champaña.

C. Preparación para un debate Un asesor especula sobre lo que cree que debe o no debe suceder para pasar una ley de protección al medio ambiente. Llena los espacios con la forma correcta del progresivo en subjuntivo.

Espero que el ministro 1. ____________________ (estudiar) el problema de la contaminación del agua.

No creía que él 2. ____________________ (prepararse) para la presentación ante el senado.

Es necesario que los senadores 3. ____________________ (apoyar) la propuesta para que tenga éxito.

Sería una lástima que 4. ____________________ (disminuir) el apoyo de los representantes del pueblo.

Es bueno que el presidente 5. ____________________ (alentar) a sus seguidores.

IV. Cultura

¿Qué has aprendido en este capítulo sobre Paraguay y Bolivia? Lee las siguientes oraciones y decide si son ciertas **(C)** o falsas **(F)**.

1. El grupo indígena guaraní vive principalmente en Paraguay. **C / F**

2. Paraguay y Bolivia lucharon una guerra por el control de la región del Chaco. **C / F**

3. Pablo Neruda es un conocido político paraguayo. **C / F**

4. Paraguay es un país bilingüe. **C / F**

5. Itaipú es una represa entre Chile y Paraguay. **C / F**

CPSIA information can be obtained
at www.ICGtesting.com
Printed in the USA
FFOW01n2039300118
44737278-44806FF